ET BABOUCAR MARCHAIT DEVANT

"Lettres italiennes"
série dirigée par Marguerite Pozzoli

Titre original :
E Baboucar guidava la fila
Éditeur original :
Edizioni minimum fax, Rome

ISBN 978-2-330-16632-8

GIOVANNI DOZZINI

Et Baboucar marchait devant

roman traduit de l'italien
par Marguerite Pozzoli

ACTES SUD

pour Bianca, qui est toute petite
pour Bouna
pour ceux qui vont

1

Baboucar marchait devant. Yaya le suivait de près, les quatre autres étaient à quelques mètres de distance : Robert, Ousmane et les deux Mohamed. À côté d'eux défilaient les usines et les tournesols, puis vinrent les potagers et les premières maisons du village. Les voitures de midi, rapides, leur faisaient de l'air, leurs vêtements étaient propres, leurs tennis des sous-marques, leurs jeans de couleur claire, leurs portables étaient dans leur main. Baboucar serrait contre son flanc un sac en plastique où l'on entrevoyait des serviettes et un peigne ; le plus grand des deux Mohamed portait en bandoulière un tote bag noir d'Umbria Jazz qui semblait presque vide. Tous avançaient tête basse avec leur sac à dos, Ousmane et Mohamed le Petit échangeaient de temps à autre des propos en wolof, les autres écoutaient de la musique en silence et se lançaient des coups d'œil pour se dire de quel côté aller. Lorsqu'ils furent au bout de la rue, Baboucar fit signe à tout le monde de s'arrêter et les six se regroupèrent à l'angle d'une petite esplanade devant un bar. Baboucar passa une main sur sa chevelure volumineuse, une grosse éponge noire collée au noir de sa tête.

— Maintenant on va par là, parce que c'est par là qu'on nous attend, dit-il, en indiquant la rue qui pénétrait dans le village.

Cinq minutes plus tard, un grand parc s'ouvrit devant eux, entouré d'une palissade, avec des jeux pour les enfants et de longues tables en bois sous des tonnelles. Un peu plus loin, des rangées de peupliers signalaient le lit du Tibre. Les autres étaient là, ils avaient posé de grands sacs sur l'une des tables et quand ils les virent, ils se mirent à gesticuler.

La première chose que fit Baboucar fut d'aller vers Mariam et de lui demander si l'endroit lui plaisait, et elle répondit oui sans quitter des yeux son portable. Sa robe bleue, courte, laissait voir de belles jambes couleur noisette. Baboucar s'assit à côté d'elle et resta un moment silencieux, hésitant sur ce qu'il devait faire. Les autres s'étaient déjà mêlés au reste de la compagnie, certains avaient commencé à mettre la table avec les bols et les marmites pleines de légumes et de riz. Puis Baboucar avait demandé où était Ibrahim. Une main lui indiqua un garçon qui parlait au téléphone à l'autre bout de la table, mais Baboucar dit qu'il ne s'agissait pas de cet Ibrahim-là, et on lui apprit alors que le bon Ibrahim ne viendrait pas.

— Putain, qu'est-ce que tu dis ? fit-il en roulant de grands yeux et en les posant furtivement sur Mariam, mais celle-ci ne les écoutait pas.

Celui qui avait parlé s'approcha et lui expliqua qu'Ibrahim avait eu autre chose à faire. Baboucar fronça nerveusement les lèvres et éleva un peu la voix, arguant que ce n'était pas ce qui avait été convenu : il avait dit aux autres qu'après le déjeuner, ils iraient à la piscine chez l'ami d'Ibrahim, il montra le sac plein de serviettes et pensa à la réaction de Mariam avec terreur, et à l'image de celle-ci en maillot de bain, une image qui partait en fumée. Le garçon haussa les épaules et quelqu'un lui dit de ne pas mal le prendre, ce qu'on ne pouvait pas faire aujourd'hui pourrait se faire demain. Baboucar secoua la tête et cracha, il sentit son estomac se nouer et eut l'impression que la colonne de cheveux s'affaissait sur son front. Il la tâta, elle était toujours en place et il trouva le courage nécessaire pour parler à Mariam. Cette fois, la jeune fille leva la tête, sourit et lui affirma qu'elle n'était pas déçue. Mais elle ajouta que puisque c'était comme ça, elle dirait aux autres filles de ne pas venir, ce dont Baboucar se fichait complètement, d'autant plus que celles-ci ne venaient jamais nulle part, ni se promener ni sur le tournage du film. Et puis, comme tout le monde le savait, seule Mariam l'intéressait. Tout de suite après le déjeuner, lorsqu'il la vit s'éloigner sans rien dire à personne, il sentit son sang se figer, mais il remarqua ensuite le sac posé sur le banc et comprit qu'elle reviendrait. Elle était comme ça. Parfois elle disparaissait, puis elle réapparaissait et souriait.

— Je pense qu'on peut aller à la mer.

Il les avait cueillis par surprise. Pendant quelques instants, personne ne souffla mot, puis Yaya ouvrit toute grande la bouche sur sa denture parfaite et blanche, et applaudit sans se lever du banc.

— Baboucar t'es génial, dit-il, et il donna une tape sur la nuque de Mohamed le Petit qui était assis devant lui, pour qu'il arrête de faire cette mine ahurie et qu'il manifeste son enthousiasme lui aussi.

L'autre Mohamed sourit et leva les yeux au ciel pendant que Robert regardait alentour pour étudier les réactions des autres et savoir quelle devait être la sienne. Ousmane secoua la tête et dit, en wolof, que Baboucar était devenu fou.

— Non, répliqua celui-ci, c'est possible. Faites-moi confiance.

Tous, à part les deux Ivoiriens qui comprenaient à peine l'italien, prêtèrent attention au plan grâce auquel Baboucar voulait se faire pardonner le ratage de la piscine.

— On va en train jusqu'à Foligno. À Foligno on en prend un autre. Et on arrive à la mer.

Mohamed le Grand protesta aussitôt à cause du coût des billets, et Baboucar répondit qu'ils ne les payeraient pas.

— Un billet suffit, dit-il, l'index levé. Pour un seul. Les autres se cachent.

Une expression découragée apparut sur le visage d'Ousmane qui ferma les yeux à demi : du coup, ses lèvres semblèrent encore plus épaisses.

— C'est difficile, dit-il.

— C'est facile, répondit Baboucar. Si l'homme du train arrive, on file aux toilettes. Ceux qui sont sans billet filent aux toilettes.

Ils n'étaient pas convaincus. Du moins pas tous : Yaya semblait tout excité, Mohamed le Petit et Robert écoutaient attentivement, en silence, les Ivoiriens n'avaient jamais cessé de marmonner entre eux. Les plus perplexes étaient Mohamed le Grand et Ousmane.

— C'est dangereux, dit Ousmane, et il expliqua avec ferveur qu'il ne pouvait pas se permettre de courir le moindre risque, car la commission lui avait dit non.

Baboucar le rassura : ce billet unique serait le sien. Le plan prévoyait qu'Ousmane voyagerait seul dans le wagon le plus proche de la locomotive, les autres se répartiraient dans les wagons les plus éloignés. Dès que le contrôleur aurait vu le billet d'Ousmane, celui-ci les appellerait pour leur dire de se cacher dans les toilettes.

— Oh, dit Mohamed le Grand à Yaya en lui donnant un coup de coude, Baboucar est complètement fou.

L'autre Mohamed se mit à rire, et Robert aussi, même s'il n'avait pas très bien compris. Ousmane regarda Baboucar et dit non, puis il s'éloigna du côté des jeux, s'assit sur le tourniquet et réfléchit. En tout cas, Baboucar semblait satisfait car il était sûr que les deux Mohamed, Robert et Yaya viendraient à la mer avec lui. À présent, le plus dur restait à faire, mais il se dit que devant toutes ces adhésions, Mariam serait impressionnée et ne se défilerait pas. Il n'était pas question de l'inviter toute seule. C'était encore trop tôt. Et Baboucar n'était pas sûr d'être aussi romantique. Il aurait voulu, mais il manquait un peu d'expérience, peut-être.

Vers le milieu de l'après-midi, le parc commença à se remplir. Des hommes et des femmes avaient laissé leur voiture dans le grand parking et s'étaient enfermés dans une construction en maçonnerie, non loin des tables. La façade comportait des ouvertures laissant entrevoir les gens qui allaient et venaient, et elle était recouverte d'affiches. Juste au moment où les jeunes Africains finissaient de manger, un autre groupe était arrivé – des femmes voilées, des hommes sans muscles et quatre ou cinq gamins – et s'était installé à une table voisine.

Baboucar essayait d'expliquer à Robert, en anglais, que le plan piscine avait foiré. Ibrahim n'était pas là et ne répondait pas au téléphone, et l'ami italien d'Ibrahim, qui aurait dû les héberger, n'existait sans doute même pas. L'idée lui était venue d'aller à la mer, et il était convaincu que c'était une bonne idée. Robert acquiesçait, il se mordait la lèvre supérieure et de temps en temps il regardait les autres pour voir si eux aussi suivaient ou si ces explications n'étaient destinées qu'à lui. Il commençait à comprendre l'italien mais quand ça devenait compliqué, il préférait qu'on lui dise les choses en anglais.

Mohamed le Petit s'était endormi sur un banc en bois, les bras croisés derrière la nuque et sa casquette de base-ball posée dans son giron. Ousmane était silencieux, les coudes sur la table et la tête entre les mains, et il écoutait son estomac, attendant qu'il se remette à lui faire mal. Après chaque repas, pendant un moment, la douleur disparaissait, mais le soulagement ne durait pas plus d'une heure ou deux. Quand les Maghrébins étaient passés, son regard s'était attardé sur une fille mince, en short, la seule à ne pas être voilée : elle avait de longs cheveux ondulés et un visage émacié dans lequel on remarquait de grands yeux noirs. Elle s'était rendu compte qu'il l'observait et l'avait fixé sans sourire, ses lèvres, petites et charnues, immobiles, avec sa démarche disgracieuse de flamant rose, de petite fille qui a grandi trop vite. À présent, elle était avec ses parents derrière le barbecue en pierre, et Ousmane ne pensait déjà plus à elle. Il pensait à la mer, et à la décision qu'il convenait de prendre.

Mariam réapparut peu après cinq heures et quand Baboucar la vit, il n'y tint plus et alla à sa rencontre, les mains glissées dans son pantalon et la crête de cheveux vaguement inclinée en arrière. Mohamed le Grand regarda Yaya en souriant, Robert observa la façon de marcher de Baboucar, sa silhouette trapue qui s'éloignait en rapetissant un peu plus à chaque pas pendant que celle de Mariam grandissait, mais tout doucement, parce qu'elle marchait au milieu du pré avec une lenteur excessive. Yaya et Mohamed le Grand se dirent quelques mots à voix basse, Yaya claqua la langue et croisa les bras pour assister à la scène avec l'attention qu'elle méritait. Quand Baboucar et Mariam furent tout près l'un de l'autre, il se mit à lui parler pendant qu'elle penchait la tête vers le téléphone portable serré entre ses mains. Peu après, sur le visage de Mariam, les deux grandes coquilles d'ivoire de ses yeux s'entrouvrirent et de loin, personne ne put remarquer le mouvement imperceptible des muscles sous les pommettes. Baboucar ouvrit les bras, gesticula, elle mit son téléphone dans sa poche et dit quelque chose. Le dialogue ne dura pas longtemps. Les deux jeunes gens revinrent vers les autres, Baboucar devant et Mariam le suivant de près, et Baboucar semblait contrarié.

— Babou ! dit Yaya.

Mais l'autre ne daigna pas lui prêter attention. Mariam prit son sac, dit au revoir à tout le monde et s'en alla en roulant des hanches.

La journée avait été chaude. Les Maghrébins avaient parlé fort pendant un moment, et maintenant ils s'apprêtaient à lever le camp. Ousmane buvait à la fontaine, cherchant le regard de l'adolescente.

Au cours de l'après-midi, le parc s'était rempli et la plupart des gens s'étaient enfermés à l'intérieur de la construction recouverte d'affiches ; quelques minutes auparavant était aussi arrivé un minibus avec, sur son flanc, une inscription en gros caractères et un grand visage de femme. Cinq ou six hommes et une femme en étaient descendus, la femme de la photo, et Ousmane se dit qu'elle devait s'appeler Lory, vu que l'inscription sur le minibus disait "Lory's Stars". C'était donc ça, ses étoiles ? En voyant ces hommes âgés, gros ou dégingandés, qui sortaient de grands objets sombres du coffre à bagages, Ousmane eut envie de rire. Il avait les poignets appuyés à la fontaine, et il ressemblait à une branche flexible fouettée par le vent. Le minibus s'était arrêté près d'une autre petite construction en pierre, au-delà d'une étendue en béton entourée d'une barrière métallique verte. Au bout de la piste de danse se trouvait une estrade et Ousmane remarqua que quelqu'un, un homme torse nu, était déjà en train d'installer des éléments. Ousmane se redressa et se passa de l'eau sur le visage et sur les bras, puis il s'essuya les mains sur son jean. Il essaya de se concentrer sur la femme : elle parlait au téléphone en se tortillant les cheveux avec une main, parfois elle s'arrêtait et rejetait une mèche en arrière, puis elle tapait les talons sur le sol et secouait la tête. Elle se querellait avec un mari jaloux ou un fils désobéissant, et quand l'un des musiciens passa près d'elle et lui pinça les fesses, elle se tourna aussitôt et essaya de lui décocher un coup de pied. L'homme se mit à rire et dit quelque chose qu'Ousmane n'aurait pas pu comprendre même s'il avait été à portée de voix. À ce moment-là, il entendit quelqu'un s'approcher de la fontaine, des pas sur le gravier et sur la terre sèche et, en se tournant, il vit qu'il s'agissait de la jeune Maghrébine. Elle ouvrit le robinet et se pencha en avant pour boire, mais le jet d'eau était trop puissant et elle finit par mouiller son débardeur et ses pieds. Elle rougit sans regarder Ousmane qui, en ce qui le concernait, ne l'avait pas quittée des yeux.

— De l'aide ?

Elle secoua la tête, toujours sans le regarder, hésitant entre réessayer ou faire demi-tour, mais Ousmane empoigna le robinet et le tourna avec précaution jusqu'à obtenir le bon débit. La jeune fille se mit alors à boire, les deux mains en coupe sous le robinet, et lorsqu'elle eut fini, elle le regarda enfin et sourit.

— Merci, lui dit-elle, et elle pouvait avoir seize ou dix-sept ans.

Lorsqu'ils comprirent que c'était une fête de village et qu'on pouvait dîner pour pas cher, ils décidèrent de rester encore un peu. Ils mangèrent une sorte de grosse fougasse farcie d'épinards et des frites, et burent de l'eau. Au dîner, ils parlèrent un peu de l'endroit où ils passeraient la nuit, et il en résulta que les deux Mohamed rentreraient à la maison. Ils dirent qu'ils se retrouveraient le lendemain à la gare de Ponte San Giovanni, mais personne ne les prit au sérieux. Ousmane voulait retourner à Pérouse, même s'il ne le voulait pas assez intensément pour le faire tout de suite, avant la tombée de la nuit, avant que les feux de circulation se mettent à clignoter et que la ville devienne lointaine. Il attendait que quelqu'un lui apporte un soutien, mais le seul à partager ses doutes était Robert, qui se gardait bien de les montrer. Les deux Ivoiriens restaient à l'écart. Ils s'étaient un peu éloignés et erraient dans le parc, la tête tournée vers la cime des arbres, de temps à autre ils montraient quelque chose ou s'arrêtaient pour regarder un enfant sur le toboggan ou une jeune maman. Yaya dit qu'à son avis, ils pouvaient essayer de téléphoner à un de ses amis qui vivait à Ponte San Giovanni, comme ça, le lendemain, ils seraient près de la gare ; Baboucar demanda qui était cet ami, Ousmane secoua la tête. À côté d'eux, la table s'était remplie de même que toutes les autres tables, celles en bois et celles en plastique éparses sur le pré et sur la terre battue. C'était une grande fête.

Robert était le seul qui avait fait farcir sa fougasse avec de la saucisse et lorsqu'il l'eut finie, Yaya lui demanda si elle était bonne. Dans la foulée, Mohamed le Grand demanda à Yaya s'il avait déjà mangé de la viande de porc et l'autre lui répondit que oui. Baboucar, qui était assis entre les deux, dit que Yaya n'était pas un bon musulman et se mit à rire.

— Et toi, dit Yaya en se prêtant au jeu, tu as prié combien de fois, aujourd'hui ?

Tous éclatèrent de rire, et même les deux Italiens d'environ soixante-dix ans, assis près d'eux, sûrement mari et femme, s'étaient arrêtés de bavarder.

— Moi oui, dit Ousmane, j'ai prié.

— Cinq fois ? demanda Yaya.

— Trois, répondit Ousmane en montrant trois doigts tendus. Trois fois.

Yaya acquiesça, Baboucar demanda à Robert s'il avait compris et il répondit : comme ci comme ça. Mohamed le Grand lui expliqua tout en anglais, Mohamed le Petit se leva pour répondre au téléphone et se faufila entre les tables. À présent, la musique s'était arrêtée. Ousmane se leva et se dirigea vers la piste, Baboucar se remit à parler avec Yaya de la maison de son ami de Ponte San Giovanni, qu'il ne connaissait pas.

— Y a d'la place. Sûr ? C'est ARCI* ? C'est près de la gare ?

Pour toute réponse, Yaya prit son téléphone et appela. Robert observait la scène et pensait qu'il avait envie de rentrer à la maison, mais qu'il avait aussi envie d'aller à la mer. Les deux Ivoiriens avaient de nouveau disparu, les deux Mohamed parlaient au téléphone. Yaya fit sonner celui de son ami pendant quelques secondes, puis il secoua la tête.

— Tu vois ? dit Baboucar.

— Eh.

Les deux Italiens âgés, qui n'avaient pas encore dîné, semblaient très intéressés. L'homme dit quelque chose à sa femme, en dialecte, elle ne savait pas quoi répondre mais ce qui était sûr, se dit Robert, c'est que ça les concernait, eux.

Baboucar errait dans le parc avec son sac plein de serviettes, se demandant ce qu'il devait faire, et comment s'y prendre pour le faire. La dernière conversation par WhatsApp était celle avec Maïa, la bénévole de l'ARCI qui s'occupait de lui depuis longtemps et à laquelle il avait demandé conseil quand l'idée lui était venue d'aller à la mer : elle lui

* Associazione ricreativa e culturale italiana. Fondée en 1957, elle joue un rôle à la fois social et culturel, défend la légalité contre les mafias, en s'appuyant sur la Constitution italienne. Elle possède de nombreuses sections, partout en Italie. *(Toutes les notes sont de la traductrice.)*

avait envoyé les horaires des trains, le nom de la gare où ils devaient descendre pour la correspondance, et celui de la gare d'arrivée. Falconara Marittima : n'était-ce pas un nom magnifique ? Mariam ne viendrait pas, c'est vrai, mais en fait, l'idée qu'une fois rentré, il pourrait revendiquer ce voyage si particulier lui suffisait. Les amoureux se nourrissent de petites choses, même si certaines sottises semblent s'avérer utiles pour conquérir une femme.

Ousmane et Yaya étaient encore en train de parler de l'endroit où passer la nuit, assis sur un banc non loin de l'aire de jeux gonflable et des trampolines. Avec eux se trouvait Robert, auquel ils n'avaient rien demandé et qui n'avait rien dit.

— Moi je peux dormir ici.

— Aussi moi je peux, mais je vouloir pas.

— Et pourquoi, Ousmane ?

— Parce que moi, à la maison, il y a des amis.

Mais après, pour mieux se faire comprendre, il était obligé de parler en wolof. Robert ne les regardait pas, pour ne pas leur donner l'impression qu'il leur en voulait de discuter dans leur langue et au fond, il lui semblait que tout était assez clair. Entretemps, la fête avait pris des proportions impressionnantes, les guirlandes multicolores éclairaient des centaines de personnes, certaines attablées et attendant de manger, d'autres qui se déplaçaient en direction de la piste de danse ou des jeux pour les enfants. Par moments, une brise légère provenait du Tibre, apportant une odeur de pourriture et le coassement de quelques rainettes. Une ferme en ruine, recouverte de plantes grimpantes et de ronces, se découpait juste avant le fleuve, à côté d'une grande silhouette presque aussi longue que tout le côté du parc. Robert avait pensé qu'il pouvait s'agir d'un terrain de sport, et il avait vu juste.

— Alors tu y vas maintenant ? dit Yaya après avoir écouté les arguments d'Ousmane, mais celui-ci avait levé la main comme pour avouer son indécision.

— Je ne sais pas, dit-il. Yaya, je ne sais pas.

Ils avaient perdu la trace des Ivoiriens depuis un bon bout de temps alors que les deux Mohamed, voilà encore quelques minutes, étaient avec eux, marchant entre les tables et les arbres et les gens qui les dévisageaient. Ousmane tripota son portable, souffla d'impatience et se mit debout, fit quelques pas en direction du terrain de sport et, du coin de l'œil, il entrevit le minibus des Lory's Stars garé derrière le bar en maçonnerie. Dans l'habitacle, la lumière était allumée et il crut entrevoir Lory qui bataillait avec les bretelles d'une robe noire. Il lui sembla qu'elle avait les seins nus, et que, avant qu'elle n'arrive à ajuster sa robe, cette grosse poitrine lui demandait de rester, au moins jusqu'au début du concert.

— Quel plaisir d'être ici dans cette nuit étoilée, mesdames et messieurs. Quel plaisir de venir jouer dans la chaude et merveilleuse Ombrie. Quel plaisir ce sera de vous voir danser toute la soirée, ceux qui sont un peu plus jeunes et ceux qui ont quelques années de plus. Il n'y a pas à dire, hein, les étoiles c'est les étoiles. Et celles-ci à côté de moi, ce sont les miennes, d'étoiles. Mesdames. Messieurs. L'orchestre spectacle Lory's Stars vous souhaite la bienvenue !

Ousmane était accoudé à la rambarde métallique, en face de la scène. Une trentaine de mètres le séparaient de Lory, une grande piste en béton pleine de gens qui s'étaient mis à danser à l'instant même où la musique avait commencé. Des femmes et des hommes de cinquante, soixante, soixante-dix, quatre-vingts ans. Certains avaient la quarantaine. Pendant que la femme parlait, ils étaient déjà là, enlacés, prêts à partir comme pour courir les cent mètres aux Jeux olympiques. Ousmane n'avait jamais rien vu de tel et il regardait, amusé et stupéfait. Les paillettes des vestes portées par les musiciens brillaient dans l'air déjà presque sombre de juillet, alors que la robe noire de Lory était plus sobre : de petites bretelles soutenant une robe fourreau moulante qui lui arrivait juste au-dessus du genou. Parmi les têtes des gens qui dansaient, Ousmane concentrait toute son attention sur ces genoux qui oscillaient sans jamais s'arrêter, comme deux pendules d'un blanc éclatant, et il levait parfois les yeux pour deviner si, quelques minutes auparavant, il avait eu raison ou s'il s'était trompé, si ces seins étaient réellement vivants, si c'était vraiment à lui qu'ils demandaient de rester. Robert s'était appuyé au grillage séparant la piste du reste du parc, son portable dans une main et l'autre main dans sa poche. Il n'y avait aucune trace des autres. La première chanson du concert était une mazurka, et les couples s'étaient tout de suite mis à tourner avec entrain, à s'effleurer et, par moments, à se heurter et à ricocher telles des toupies sur une table. Parmi les hommes les plus âgés, certains portaient des chemises claires à manches courtes et tournaient moins vite que les autres, ils dansaient concentrés, sans jamais regarder la femme qu'ils serraient dans leurs bras, gardant le visage à distance et le coude levé à la hauteur de l'épaule. Un instrument dominait tous les autres, et Ousmane en ignorait le nom. Celui qui en jouait était un homme robuste, pas très grand, aux longs cheveux frisés pleins de gel, debout à côté de Lory. À côté de lui, un autre homme, un peu plus grand et maigre, mais aux cheveux identiques, jouait du saxophone. Derrière la batterie, il y avait une guitare, se dit Ousmane, mais en réalité il s'agissait d'une basse. À gauche de Lory, un homme aux cheveux gris, au clavier, complétait l'orchestre. Au-dessus du batteur, sur une grande bâche bleu foncé avec une multitude d'étoiles jaunes, s'étalait le nom, lui aussi en jaune, du groupe. C'était la même inscription que sur le minibus. Ousmane se tourna pour s'assurer que Robert était toujours là. Celui-ci s'en rendit compte et lui sourit, et Ousmane lui fit signe de s'approcher. Lorsqu'il fut près de lui, il lui posa une main sur l'épaule et lui parla à l'oreille, lui demandant s'il connaissait le nom de cet instrument, celui dont jouait le type à côté de la chanteuse.

— Clarinette, dit Robert, et Ousmane hocha la tête.

La première chanson s'acheva et quelques vieux avaient le visage terreux et de petites gouttes de sueur sur les tempes. Les hommes plus jeunes bavardaient et plaisantaient avec les femmes et entre eux, donnant l'impression qu'ils étaient prêts à céder la place à ceux qui s'avanceraient. La plupart des couples restèrent immobiles au milieu de la piste, certains ne détachèrent même pas les bras du corps de leur partenaire, et en effet, la musique redémarra presque aussitôt, cette fois sans que Lory ait dit quoi que ce soit.

— Belle ? demanda Ousmane en montrant la chanteuse.

Robert sourit et fit oui de la tête. Mais il n'avait pas compris.

— Beautiful. Non ?

— Oh, dit Robert en approuvant vigoureusement. Oui, oui, oui. A beautiful woman.

Ousmane sourit, sortit son portable de sa poche et prit une photo de l'orchestre, et l'envoya à un de ses colocataires. À présent, la musique était plus calme qu'avant, et cela semblait faire plaisir aux danseurs les plus âgés. Au bord de la piste, il y avait des dizaines, peut-être des centaines de personnes assises autour des tables en plastique, les mains sur les jambes et les yeux fixés sur l'orchestre ou dans le vide. Leurs vies, pour la plupart d'entre eux, étaient presque entièrement écoulées, et ils avaient beaucoup de choses à ressasser.

Yaya réapparut, tenant un petit verre en plastique et se frayant un chemin dans la foule. Ses épaules étaient larges et robustes, c'était l'un des hommes les plus grands de l'assemblée. Beaucoup l'avaient remarqué. Lorsqu'il fut à quelques mètres d'Ousmane et de Robert, il sourit et avant de les rejoindre, il ralentit pour boire une gorgée.

— Tu veux ? demanda-t-il à Ousmane. Il lui mit le verre sous le nez et l'autre fit une grimace.

Robert semblait intéressé, mais il n'eut pas droit à la même proposition.

— Les autres ?

Ousmane haussa les épaules tout en donnant de petits coups sur la balustrade, au rythme de l'accordéon. C'était le type le plus âgé qui en jouait, celui du clavier, la musique était syncopée et entraînante. Robert aussi suivait le rythme en hochant légèrement la tête, Yaya regardait autour de lui et, de temps en temps, il avalait une autre gorgée. Tout près d'eux se trouvaient quelques femmes d'une cinquantaine d'années, bras et jambes nus, et il y en avait deux qui murmuraient entre elles tout en lançant des œillades dans sa direction. Yaya se passa une main dans les cheveux et essaya de fixer l'une des deux, une blonde en robe rouge, assise jambes croisées ; il le fit sans sourire, pour donner l'impression qu'il n'avait pas besoin de le faire. Au bout de quelques secondes, leurs regards se rencontrèrent, la femme cessa de parler et de sourire, elle décroisa les jambes et les serra en se penchant en avant. Elle sortit un smartphone de son sac, écrivit un message ou prit un selfie pour voir comment elle était. Robert eut l'impression de comprendre ce qui se passait, et la chose l'amusa.

Entretemps, Baboucar cherchait les mots pour convaincre Mariam de venir à la mer. Le portable à la main depuis dix minutes, il était assis, jambes écartées et penché en avant sur un gradin des tribunes du terrain de sport. Un enfant de quatre ou cinq ans s'approcha de lui en brandissant un dinosaure. Il parlait fort en faisant sauter le jouet sur le béton. Il était parti de l'autre bout du gradin et, à la hauteur de Baboucar, il s'écarta et contraignit le dinosaure à un saut périlleux qui lui permit, tout en gardant une distance de sécurité, de dépasser le jeune Africain. Baboucar leva la tête et plissa les paupières, perplexe, comme s'il s'agissait d'une vision totalement absurde. Seul un des projecteurs était allumé et, sur le terrain, la lumière était très faible mais quelques personnes, dont la mère, le père et, peut-être, les grands-parents de l'enfant, se promenaient entre les tribunes et le grillage comme si c'était un lieu comme un autre dans le parc. Baboucar était venu là pour chercher un peu de tranquillité, loin de la musique et de ses compagnons, parce qu'il commençait à ne plus supporter Mohamed le Grand et qu'il n'avait pas envie de se remettre à parler du problème de la nuit avec Ousmane ou Yaya. Mais maintenant qu'il était seul, une fois de plus, il ne savait pas très bien quoi faire. Tout ce qu'il savait, c'est que la virée à la mer n'était pas remise en question et que, sans Mariam, elle serait beaucoup plus triste mais peut-être encore plus nécessaire. Puis il reçut un message de Mohamed le Petit qui lui demandait où il était. Et un autre tout de suite après, pour lui dire que lui, Mohamed le Petit, et Mohamed le Grand, rentraient à la maison. Baboucar soupira, contrarié, et posa le téléphone sur le béton, renonçant à écrire à Mariam. L'enfant s'était arrêté juste après une des deux colonnes en métal qui supportaient l'auvent et sans crier gare, il lança le dinosaure en bas des gradins, appelant au secours à mi-voix et accompagnant l'atterrissage d'un *boum*, comme l'explosion d'une bombe.

— Il est mort ? demanda Baboucar, et l'autre fit oui de la tête.

Après quoi, il alla ramasser le jouet et courut vers ses parents en lui lançant un regard furtif et effrayé.

La blonde en robe rouge s'appelait Angela, et lorsque Yaya s'approcha pour lui demander une cigarette, Ousmane se dit qu'il savait déjà comment ça finirait. La femme se mit debout sous prétexte qu'elle n'entendait pas bien à cause de la musique, les deux parlementèrent cinq minutes puis s'éloignèrent en direction de la buvette. Quand Ousmane et Robert les virent réapparaître main dans la main, il s'était déjà écoulé plus d'une demi-heure. Lorsqu'il passa devant lui, Yaya lui fit un clin d'œil, Angela retourna auprès de ses amies en le traînant à sa suite tel un trophée. Deux heures plus tard, ils se retrouvèrent tous chez elle. Elle vivait dans un village dont aucun d'eux n'avait jamais entendu le nom.

— Torsciano ?

— Torgiano. Tor-giano, les corrigeait-elle.

Elle les avait chargés dans la voiture de son amie Elisabetta alors que les autres étaient restées à la fête en quête de danses, de bavardages et de proies moins risquées. Six dans une Coccinelle : Yaya à côté d'Elisabetta qui conduisait, Angela, Ousmane, Baboucar et Robert à l'arrière. Angela avait un coup de blues et très vite, elle proposa de s'allonger sur les genoux des trois jeunes Africains, comme si elle était un rouleau de papier peint.

— Ne la touche pas, Ousmane. Ne la touche pas, hein ! dit Yaya, et elle rit de bon cœur en se grattant le nez avec son poignet.

Au moins, se dit Robert, qui soutenait sa tête, elle avait eu le bon goût de se tourner vers le siège occupé par Yaya. Ousmane supportait la partie centrale de son corps, c'est-à-dire son cul, qui n'était pas énorme mais qui pesait plus qu'il ne l'aurait imaginé, pendant que Baboucar riait en serrant ses chevilles nues.

— Si on se fait pincer, ils nous arrêteront tous. Et vous, ils vous renverront en Afrique par le premier avion, dit Elisabetta.

Ousmane eut un frémissement, mais il se concentrait tellement pour ne penser à rien qu'il éclata de rire. Robert avait les épaules collées au dossier et les paumes des mains contre le siège, ses yeux tombaient sur les jambes découvertes d'Angela, trapues et blanches. Il avait l'impression d'en sentir le parfum, même si elles étaient loin de lui, et cette sueur blanche le perturbait toujours un peu.

— Holà, mais moi, je vois sa culotte ! s'exclama Baboucar après un virage un peu brusque, et les deux femmes éclatèrent d'un grand rire sonore.

— Attention à toi, Baboucar, lui dit Yaya, je vais te foutre une rouste, et Ousmane s'efforça de ne pas penser à la culotte d'Angela.

Pendant le trajet, ils ne dirent pas grand-chose, ce fut Elisabetta qui parla le plus. Elle demanda aux garçons, en les questionnant un à un, d'où ils venaient, quel était leur âge, pourquoi ils avaient décidé d'aller, le lendemain, à Falconara Marittima.

— C'est la plage la plus proche, dit Baboucar. C'est simple.

— Mais c'est moche.

— La mer c'est la mer, se contenta-t-il de répondre, et Angela lui dit qu'ils pouvaient y aller tous ensemble en voiture, à la plage, et que ce serait sûrement une plus belle plage.

— Riccione ! Gabicce !

— Moi, demain, je ne peux pas, intervint Elisabetta. Je déjeune chez mes parents, mon père ne va pas bien.

— Oh, dit Ousmane, je suis désolé.

Elisabetta sourit dans le noir, avec une pointe de tendresse. Ils arrivèrent chez elle en une vingtaine de minutes et, quand la femme s'extirpa de la voiture en rampant sur les jambes des garçons, Ousmane fut soulagé. La maison était au bord de la route menant au village, juste avant la montée. C'était une vieille maison avec un jardin clôturé et un petit portique, trop grande pour une femme seule. Ce fut la première pensée de Robert, mais il ne dit rien. Angela les précédait, et elle les invita tout de suite à s'asseoir sur deux canapés havane, dans le grand séjour au rez-de-chaussée. Elle prit une bouteille d'eau dans le réfrigérateur et but au goulot, avidement, puis elle chercha une bouteille dans un buffet et trouva ce qui leur convenait.

— Un digestif, dit-elle en posant la bouteille devant eux, sur la table. Voilà.

Les garçons ne remercièrent pas, seul Yaya réagit et versa un peu de liqueur dans un des petits verres qu'Elisabetta avait posés sur la table.

— Moi aussi, dit-elle pendant qu'Angela allait dans la salle de bains.

— Tu es un musulman comme ci comme ça, hein ? dit-elle à Yaya, et celui-ci sourit en avalant la première gorgée de digestif.

— Et toi ? demanda Baboucar. Tu es chrétienne ?

La femme fit une drôle de grimace. Elle fronça le nez et rassembla ses cheveux dans une main.

— Non, dit-elle. Autrefois, quand j'étais petite, j'allais à la messe. Maintenant j'en ai plus rien à foutre. Les curés me dégoûtent un peu.

Baboucar sourit.

— Et les imams ? demanda-t-elle. C'est des gens bien ?

— Ah, dit-il. Oui. Plus ou moins. Habituellement, oui.

Yaya posa son verre vide sur la table et fit claquer sa langue.

— Oui, dit alors Ousmane. Les imams, oui. Ils sont bien. Dans mon pays, très bien.

— Et à Pérouse ? lui demanda aussitôt Elisabetta.

— Oh, oui. Aussi à Pérouse.

Elle lui demanda où était la mosquée, s'il y en avait une.

— Via Settevalli, la plus grande. Et il y en a une autre via dei Priori, mais elle est petite. Nous, on va tous via Settevalli, dit Baboucar.

Elisabetta semblait calculer mentalement.

— À pied ?

— À pied ou en bus.

— À pied, à pied, dit Ousmane, excité. Moi plaisait beaucoup marcher.

La femme sourit, but son digestif et s'intéressa un moment à Robert, assis dans l'angle du canapé, les bras serrés autour de son corps, la tête un peu en arrière.

— Tu es le plus jeune du groupe, hein ?

Il sourit, lèvres serrées.

— The puppy, dit Baboucar. Mais Robert avait compris.

Quelques minutes plus tard, les contours de la chaîne stéréo prirent une couleur vert menthe. Angela s'approcha du canapé et s'assit sur les genoux écartés de Yaya. Celui-ci la prit par la taille, Elisabetta éteignit sa cigarette dans un cendrier en métal et s'assit sur l'accoudoir du canapé où s'étaient installés Ousmane, Baboucar et Robert. La scène était étrange, car les deux canapés étaient l'un en face de l'autre, mais sur l'un il n'y avait que Yaya, au milieu, Angela juchée sur ses genoux. Le CD démarra tout de suite, avec une guitare électrique qui beuglait avec emphase sur un lointain fond d'archets. Personne ne soufflait mot, Angela regardait, satisfaite, les trois garçons assis en face d'elle. Elisabetta, une jambe étendue jusqu'à toucher le sol et l'autre pliée sur l'accoudoir à côté de Robert, avait la tête penchée en avant et bougeait imperceptiblement le pouce de la main droite posée sur sa cuisse. À la lumière faible du lustre, la blonde maîtresse de maison, on ne sait pas pourquoi, semblait plus jeune qu'on n'aurait pu le penser tout à l'heure, à la fête, et même si ses lèvres fines avaient du mal à contenir ses grosses dents chevalines, aucun des trois garçons n'aurait pu nier qu'il la trouvait séduisante. Yaya, qui avait déjà obtenu ce qui l'intéressait, était peut-être le seul, là-dedans, à ne ressentir aucune forme d'excitation érotique à son égard. Il était plutôt intrigué par Elisabetta, cette espèce de walkyrie aux cheveux châtains, sûrement plus en chair et plus intelligente que son amie. Après trente secondes d'introduction instrumentale, une voix d'homme se mit à chanter et Angela commença à chanter par-dessus, sans omettre un seul mot.

La nostra relazione
è qualcosa di diverso
Non è per niente amore
e non è forse neanche sesso
Ci limitiamo a vivere
dentro nello stesso letto

Un po' per abitudine
*o forse un po' anche per dispetto**.

Aucun des garçons n'avait jamais entendu cette chanson. Seuls Yaya et Baboucar parvenaient à en comprendre les paroles, pas toutes, mais suffisamment pour se faire une idée du sens général. Quand le refrain arriva, Angela hurla à gorge déployée en se mettant debout ; du coup, sa jupe remonta jusqu'à mi-cuisse, découvrant presque tout ce qu'il y avait à découvrir.

Non è un segreto, dai, lo sanno tutti,
E tu sei buffa quando cerchi
Di nasconderlo alla gente
Che ci vede litigare
Per qualsiasi cosa o niente
Per la noia che da sempre
Ci portiamo dentro
*È inutile negarlo***.

Yaya la regardait sans grand intérêt. Il avait sous les yeux, à dix centimètres de son visage, le cul plat que, peu de temps auparavant, il avait serré et giflé vigoureusement, au point qu'il crut entrevoir

* *Notre relation est quelque chose de différent / Elle n'a rien à voir avec l'amour ni même avec le sexe / On se contente de vivre dedans dans le même lit / Un peu par habitude ou peut-être aussi un peu par dépit.* (Cette strophe et celles qui suivent constituent une chanson de Vasco Rossi parue en 1978.)

** *Ce n'est pas un secret, allez, tout le monde le sait / Et tu es comique quand tu essaies / De le cacher aux gens / Qui nous voient nous disputer / Pour n'importe quoi ou pour rien / Pour l'ennui que depuis toujours / Nous portons en nous / Inutile de le nier.*

l'extrémité d'une griffure qui descendait sous la fesse gauche et dépassait de l'ourlet de la jupe. Instinctivement, il regarda ses mains et ses ongles. Ses narines, petites et larges, se contractèrent nerveusement, semblables à celles d'un prédateur fatigué. Il se sentait comme le dompteur d'un animal de cirque qui attend la fin du numéro. Sauf que les spectateurs, de l'autre côté de la piste, étaient ses amis. Pas Elisabetta. Elle n'avait pas levé les yeux depuis le début de la chanson, elle n'avait pas bougé, et on se demandait à quoi elle pouvait bien penser. Les autres fixaient les cuisses pâles d'Angela, mais par moments Robert tournait la tête dans sa direction. Elle était si près de lui qu'il pouvait entendre sa respiration. C'était une respiration vieille et triste. Robert percevait quelque chose de bon, de familier, dans ce grand corps. Pas maternel, mais rassurant. Il s'imagina la tête posée sur ses cuisses, à dormir et rêver de beaux rêves. Pendant un instant, sous l'emprise du sommeil, il ferma les yeux, mais il ne vit que du noir et les rouvrit aussitôt.

La chanson et, avec elle, l'exhibition d'Angela, se poursuivait. À la fin du refrain, la guitare de tout à l'heure revenait et à ce moment-là, la femme se rendit compte que sa jupe était retroussée et elle la tira vers le bas en jouant des hanches mais sans ouvrir la bouche ni se tourner vers Yaya. De l'extérieur, à travers la grande baie vitrée, les phares des voitures projetaient leur lumière de temps à autre. Angela se remit à chanter, debout, mais légèrement tournée pour frictionner les cheveux de Yaya.

La nostra relazione
Oramai non ha più senso
Tu hai le tue ragioni
Ed io son forse troppo stanco
Tra l'altro non è facile
Ricominciare tutto
Lasciamo stare dai
*Non rifacciamo un letto ormai disfatto**.

Elisabetta leva enfin les yeux, fouilla dans son sac en cuir posé sur la chaise à côté du canapé et en sortit un paquet de cigarettes. Elle regarda les garçons un à un, amusée, et secoua la tête. Elle prit aussi un briquet et en observa la flamme presque avec stupeur, comme si elle voyait du feu pour la première fois de sa vie. Pour se préparer au refrain, Angela s'agenouilla sur le sol et fit semblant de serrer un micro entre ses mains. Puis elle pencha la tête sur le côté et se remit à brailler.

Non è un segreto, dai, lo sanno tutti
E tu sei buffa quando cerchi
Di nasconderlo alla gente
Che ci vede litigare
Per qualsiasi cosa o niente
Per la noia che da sempre
Ci portiamo dentro
*È inutile negarlo***.

* *Notre relation / Désormais n'a plus de sens / Toi tu as tes raisons / Et moi je suis peut-être trop fatigué / Et puis il n'est pas facile / De tout recommencer / Allez laissons tomber / Ne refaisons pas un lit désormais défait.*
** *Ce n'est pas un secret, allez, tout le monde le sait / Et tu es comique quand tu essaies / De le cacher aux gens / Qui nous voient nous*

Et de nouveau la guitare, de nouveau les archets, de nouveau la batterie excitée de tout à l'heure. On eût dit une plainte authentique, une bête en métal dont quelqu'un avait écrasé la queue. Avant la fin de la chanson, Angela se redressa, écarta les bras et ébaucha une courbette. Baboucar applaudit, Elisabetta aspira la première bouffée de fumée et en la recrachant, elle applaudit aussi, Robert claqua les mains sur ses cuisses. Angela se tourna pour accueillir l'hommage de Yaya, mais celui-ci se contenta de lui adresser un clin d'œil, le pouce levé en signe d'approbation. Ousmane était stupéfait. C'était une belle chanson, se disait-il. Mais cette femme, elle sortait d'où ?

Puis, Elisabetta se leva et alla éteindre la stéréo.

— On arrête avec Vasco, dit-elle. Il est tard.

Angela s'écroula sur le canapé, à côté de Yaya et, avant d'enfouir la tête dans la poitrine de celui-ci, elle protesta faiblement :

— Tu es une rabat-joie.

— Je suis l'amie raisonnable. Ton oncle et ta tante essayent de dormir, à l'étage du dessus.

— Comme toujours. Toute leur vie à essayer de dormir.

— Eh oui, dit Elisabetta. La plupart des êtres humains dorment, la nuit, surtout quand ils ont plus de quatre-vingts ans.

Yaya regardait Baboucar qui consultait son téléphone portable. Ibrahim n'avait pas répondu, et Mariam aussi se taisait depuis une éternité, mais elle avait posté sur Facebook une chanson de Beyoncé. Il

quereller / Pour n'importe quoi ou pour rien / Pour l'ennui que depuis toujours / Nous portons en nous / Inutile de le nier.

décida de ne pas la liker, en tout cas pas maintenant, il était agacé. Ousmane s'était avancé et venait de poser les coudes sur ses genoux et son visage entre la paume de ses mains. Il fixait tantôt Elisabetta, tantôt Angela, selon que l'une ou l'autre parlait, tâchant de comprendre un maximum. Il ne saisissait pas les raisons pour lesquelles Elisabetta avait éteint la stéréo. Robert non plus ne le savait pas.

— Alors demain, on part à quelle heure ? dit Angela, en se grattant le nez avec le dos de la main.

Baboucar leva la tête et regarda Yaya d'un air interrogateur. Ousmane se tourna vers Robert, qui était impassible.

— Demain ? demanda Baboucar.

— Eh, si Elisabetta ne vient pas, on se fera une raison. Ce qui est sûr, c'est que dans la voiture, on aura plus de place que ce soir.

Elisabetta éteignit sa cigarette dans le cendrier, mais cette fois elle ne s'assit pas. Elle prit son sac et le mit en bandoulière.

— Tu es sûre que les garçons veulent emmener avec eux une vieille poule comme toi ?

— Oh, dit Angela en gesticulant grossièrement. S'il y a ici une vieille poule, c'est plutôt toi.

— Le fait est qu'ici, il y en a deux, des vieilles poules. Peut-être avec toutes leurs plumes là où il faut, mais eux, ils s'en fichent pas mal. C'est bien ça ? dit Elisabetta, en s'adressant à Baboucar.

Celui-ci eut un sourire gêné, qui découvrit ses dents supérieures.

— Je n'ai pas compris. Excuse-moi.

— Ne fais pas attention à elle, dit Angela. C'est juste une râleuse. Une emmerdeuse, ajouta-t-elle peu après.

— Eh oui, dit Elisabetta.

Baboucar regardait toujours Yaya car c'était son tour de dire quelque chose. La femme était la sienne, c'était à eux deux de décider. Il jeta un dernier coup d'œil à son téléphone portable, pour voir l'heure et les notifications. Il était une heure vingt, il n'y avait rien, et durant les deux dernières minutes, personne ne s'était soucié de lui. Il demanda à Yaya, en wolof, s'il avait vraiment l'intention d'aller à la mer avec Angela en voiture, en emmenant tous les autres. Yaya répondit non, et Ousmane demanda pourquoi. Parce que je ne la supporte pas, dit Yaya, tout en adressant à Angela un large sourire et en la pinçant au niveau des hanches.

— Tu vois ? dit Elisabetta. Ils sont en train de discuter sur la façon de se débarrasser de toi.

— Mais ferme-la. Mais regarde-moi ça. Mais regardez-moi celle-là, dit Angela, et elle lança un coussin qui atterrit sur les genoux de son amie. Yaya, dis-lui que ce n'est pas vrai. Demain, je vous emmène à Gabicce, on part à dix heures, et à midi on est sur place. Si tes amis veulent rester entre eux, on les récupère après le dîner et à minuit, on est de retour à la maison.

Ousmane comprenait un peu, mais pas tout. Il demanda à Baboucar de mieux lui expliquer la situation, puis il s'adressa à Yaya.

— Eh, dit-il, moi demain je veux voir le match.

— Quel match ?

— La finale, répondit-il. France-Portugal.

Ousmane acquiesça, convaincu. Il ne se souvenait plus de la finale de l'Euro de foot. Les Français et les Portugais. Quel match.

— Pas de problème, dit Angela. Elle est à quelle heure, cette finale ?

— À huit heures et demie, je pense. Ou à neuf heures.

— Pas de problème, répéta la femme. On la verra dans un bar et on repartira après.

Elisabetta éclata de rire.

— Eh eh, Angeluccia. Le foot d'abord. Les hommes sont tous pareils. Y compris ceux qui sont noirs et musclés.

Yaya sourit, mais sans conviction. Il méditait déjà un plan pour se débarrasser de cette blonde d'âge mûr qu'il avait emmenée derrière les gradins du terrain de sport, pour baiser à toute vitesse. Ils parlèrent encore quelques minutes, avec de moins en moins de conviction, à la fin Elisabetta salua tout le monde et dit qu'elle espérait les revoir un jour ou l'autre. En passant devant Robert, elle lui ébouriffa les cheveux et referma la porte derrière elle sans presque faire de bruit, puis fit démarrer la Coccinelle dans le noir. Ousmane et Robert dormiraient sur deux canapés, Baboucar eut droit à un lit de camp. Yaya se retrouva sur le lit à une place et demie d'Angela qui, avant de s'endormir, sniffa un peu de cocaïne. Elle trafiqua avec l'enveloppe sur le buffet, étala la coke et la disposa d'une certaine façon, puis se l'envoya dans le nez avec un petit tube, apparemment métallique, se dit Yaya.

— Tu es sûr que tu n'en veux pas ?

— Sûr.

Il avait déjà refusé à la fête, tout de suite avant de quitter la piste de danse, mais il était intrigué. Il n'avait jamais couché avec une femme qui avait pris de la coke et il voulait voir l'effet que ça lui ferait.

Ce n'était pas terrible, se dit-il à la fin. Quelques frémissements de plus que d'habitude, les ongles un peu plus profondément enfoncés dans son dos, peut-être, et rien de plus. Mais pour elle, évidemment, pour faire ce qu'ils devaient faire, la cocaïne était utile.

— Me voici, dit Angela en se retournant, puis elle enleva tous ses vêtements et s'affala à côté de lui. La lumière allumée, comme ça, cette fois, je te verrai bien. D'accord ?

— D'accord, dit Yaya. Et il se mit à l'œuvre.

Les autres, à côté, entendaient presque tout. Ousmane et Baboucar parlèrent longuement du lendemain, et Ousmane dit qu'il ne comprenait pas pourquoi, à la fin, ils décidaient toujours de faire l'inverse de ce qu'il leur proposait. Pourquoi refuser l'offre d'Angela ? Comme ça, ils économiseraient l'argent du billet, sans courir de risques avec le petit jeu imaginé par Baboucar. Mais Baboucar était inébranlable. C'est une emmerdeuse, disait-il. Et Yaya n'en veut pas. Si tu en as envie, tu n'as qu'à y aller, toi, avec elle, et nous on prend le train. Robert ne comprenait pas, et il s'en fichait pas mal. Il était mort de fatigue. La journée avait été longue et il s'était passé un tas de choses. Il demanda seulement quel était le plan. Ousmane le lui expliqua dans les grandes lignes avant de demander à son tour à Baboucar à quelle heure viendrait Yaya.

— À sept heures, répondit Baboucar, et il regarda de nouveau son portable.

Il était deux heures et demie, il dormirait un peu plus de quatre heures, puis ils fileraient à Ponte San Giovanni. Google Maps disait qu'à pied, il fallait une heure trois quarts. Le train était à dix heures trente et une, ils auraient tout le temps. Alors que ses yeux se fermaient à cause du sommeil, Baboucar céda à la tentation de liker la vidéo de Beyoncé. Après quoi il se leva de son lit de camp, qu'il ne croyait pas aussi confortable, plongea la main dans le sac contenant les serviettes et en sortit un chargeur de batterie. Il chercha une prise dans l'obscurité ténue du séjour, et en trouva une à côté du passage menant à la cuisine. Il mit le portable en charge et s'allongea sans souhaiter bonne nuit à qui que ce soit. Ousmane, sur son canapé, était contrarié, il avait mal à l'estomac et ne verrait pas le docteur avant mardi. Lui aussi prit son portable, qui n'était pas totalement déchargé. Il se tourna sur le flanc et, dans le faisceau lumineux généré par l'écran, il vit la silhouette de Robert sur l'autre canapé : il semblait déjà endormi. Il parcourut les applications, alla sur YouTube, écrivit "Lory's Stars" et vit apparaître quelques vidéos. La première s'intitulait *Mon ange*, Lory paraissait un peu plus mince et plus jeune, et elle portait une robe différente, bleu foncé et plus courte, alors que tous les autres arboraient les mêmes vestes brillantes que ce soir, à la fête. Il coupa le son et appuya sur *play*, et Lory était très belle. Tout en repensant à ses seins, il partagea la vidéo sur Facebook sans ajouter aucun commentaire, puis il éteignit le téléphone et le posa sur le sol à côté de lui. Deux mètres plus loin, Robert avait maintenant les yeux fermés et il sentait sous sa tête les cuisses moelleuses d'Elisabetta.

2

Baboucar marchait devant. Yaya le suivait de près, les deux autres étaient à quelques mètres de distance. À côté d'eux défilaient les maisons et les champs de maïs et de tournesol, les rares voitures du dimanche matin, rapides, leur faisaient de l'air, leurs vêtements étaient froissés, leurs chaussures de tennis poussiéreuses, leurs portables étaient dans leurs mains. Ils marchaient sous le soleil, en silence, et ils avaient dormi moins et plus mal qu'ils n'en auraient eu besoin. La route était longue et rectiligne dans la campagne, des campaniles s'élevaient sur les collines alentour, la silhouette de Pérouse se découpait au loin, au nord, sur le ciel bleu de juillet, apparaissant entre les arbres. Le raclement des semelles sur l'asphalte était continuel et syncopé, au-delà de la chaussée commençaient tout de suite les talus et les champs couverts de végétation. Entre les épis, on voyait parfois bouger les corbeaux et les pies, les couronnes jaunes des tournesols scintillaient tels des métaux précieux. La route, qui tournait légèrement à droite, croisait un fossé à sec d'où provenait une forte puanteur de décomposition végétale et aquatique qui nourrissait une colonne d'insectes noirs. Ils accélérèrent le pas, et les insectes les ignorèrent.

Une rangée de cyprès, puis de pins, annonça les premières maisons d'un village qui semblait se déployer tout le long de la route départementale, fait de constructions neuves et de propriétés clôturées. Ils marchaient depuis presque une heure, et Ousmane dit qu'il avait soif et qu'il y avait peut-être une fontaine, mais ils n'en virent pas. Les champs recommencèrent, Baboucar traversa la rue et monta sur le trottoir rouge, mais les autres ne le suivirent pas. Pendant qu'ils dépassaient une autre partie du village – encore des maisons, des cours et des clôtures –, Yaya parla pour la première fois depuis qu'ils étaient partis.

— Oh, dit-il. Celle-là, elle sniffe de la cocaïne.

Ousmane et Robert s'étaient déjà un peu approchés de lui, Ousmane lui demanda s'il pouvait répéter, et Yaya le lui dit en wolof.

— Ah, fit Ousmane. Robert le regarda, interdit, et Ousmane lui traduisit la phrase en anglais.

— Toute la nuit, j'ai fait semblant de dormir, reprit Yaya. En fait, j'attendais qu'il fasse jour et qu'il soit sept heures pour venir.

— Dans la pièce où on dormait ? demanda Ousmane.

— Oui. Elle n'a rien entendu. Elle dormait profondément, même quand je suis sorti de la pièce.

Ousmane acquiesça, amusé, et regarda Robert pour voir s'il avait compris ce qu'avait dit Yaya. L'autre lui fit signe que oui, qu'il suivait.

— J'espère seulement qu'elle ne se réveillera pas maintenant.

Le chemin qu'ils avaient entrepris de faire à pied était le même qu'elle aurait parcouru en voiture si elle les avait décidés à poursuivre jusqu'à Ponte San Giovanni.

— L'alarme du réveil était réglée sur neuf heures, mais j'ai caché le téléphone dans la salle de bains.

— Quoi ! fit Ousmane.

— Le téléphone portable. Dans la salle de bains. Comme ça elle n'entendra pas le réveil. The alarm.

— Ah, dit Ousmane. Bravo. Bravo Yaya. Intelligent, hein.

Yaya sourit et écarta les deux doigts d'une main en signe de victoire. Baboucar était toujours devant eux.

— Hé ! lui dit Yaya, qui avait l'air de se réveiller à l'instant. Babou !

Baboucar se tourna et sourit, mais sa crête était encore plus affaissée que d'habitude, comme si la masse de cheveux s'était un peu dégonflée.

— Mariam lui manque, dit Yaya à Ousmane, à voix basse pour ne pas que Baboucar l'entende, et Ousmane fit oui de la tête.

À leur droite, à présent, il y avait des hangars industriels, presque tous blancs, alors que de l'autre côté, derrière une rangée clairsemée d'arbustes et d'arbres bas et desséchés, les champs semblaient arriver jusqu'à l'horizon. Robert fut le premier à remarquer le panneau indiquant la fin du village, mais il ne dit rien, et lorsqu'ils furent tout près, Ousmane lut le mot barré par la bande rouge en diagonale.

— Miral-du-o-lo.

— Commune de Torgiano, dit Yaya, péremptoire, comme s'il récitait une annonce radiophonique, en lisant le texte entre parenthèses.

— C'est quoi, "commune" ? demanda Ousmane.

— Eh, fit Yaya, c'est la ville. Celui qui commande la ville.

— The mayor ?

— Bravo. Oui. Celui-là.

Ousmane leva le pouce, Robert regardait son portable, Baboucar traversa de nouveau la rue et les quatre se regroupèrent.

— Presque arrivés, dit-il.

— Combien de temps encore ? lui demanda Yaya.

— Quarante-cinq minutes, je pense.

— Toi ? Ou la carte ?

— La carte, la carte. Google Maps, dit Baboucar en insistant théâtralement sur le *a*.

— Pas beaucoup, dit Ousmane. Ça va.

À présent, ils étaient en rase campagne. Des champs des deux côtés, de nouveau aucun trottoir, l'asphalte abîmé, plein de fissures. C'étaient les rides de la route sur laquelle ils marchaient. Ousmane demanda à Yaya à quelle heure était la finale, ce soir, et l'autre répondit à huit heures et demie ou neuf heures.

— Tu veux rentrer à Pérouse pour la voir ?

— Oh, Baboucar, je ne sais pas.

— Rentrer à Pérouse, c'est difficile.

— Ah oui ? fit Ousmane.

— Il n'y a pas beaucoup de trains. C'est mieux demain.

Ousmane réfléchit quelques instants, en chassant un insecte qui s'était posé sur son bras.

— Mais moi demain j'ai cours.

— D'italien ?

— Eh, dit Baboucar, tu le sauteras.

— Hum, fit Ousmane. Et Robert aussi.

— Il le sautera lui aussi ! dit Baboucar.

Robert sourit et demanda à Ousmane s'il pouvait répéter, parce qu'il ne les avait pas écoutés.

— Demain, dit Baboucar, no italian lesson. Tomorrow the sea.

Et il ricana.

— Tomorrow ? fit Robert, interdit. Not today ?

— Yes. Today we go. Tomorrow go to Pérouse.

— Oh, dit Robert. OK, no problem.

Mais Ousmane n'était pas convaincu. Il ne voulait pas rater le cours d'italien, il en avait déjà raté trop souvent. Il sentit une douleur à l'estomac, et eut l'impression que s'il n'allait pas en cours, le docteur pourrait ne pas lui donner ses médicaments.

— Je ne sais pas, dit-il. Moi demain je veux y aller.

— Mais il est à quelle heure, le cours ?

— À dix heures, répondit Ousmane. Il rectifia aussitôt. Non, à midi.

Robert était du même avis. Yaya mit dans sa poche le portable avec lequel il avait trafiqué durant les dernières minutes.

— Qu'est-ce que ça peut te faire, Ousmane ? Tu parles un très bon italien.

— Non, Yaya. Moi pas très bon italien. Tu le sais. Moi mal.

— Eh eh, rit Yaya, et il lui donna une tape sur l'épaule.

— Peut-être que le train part tôt, demain matin, fit alors Baboucar. On dort sur la plage et on repart tôt, en train. Hein ?

— À quelle heure ?

— Je ne sais pas, Ousmane. Tôt. Je vais regarder. Et il se mit à chercher sur le site de Trenitalia.

Ils approchaient d'une grande construction couleur ocre jaune, une sorte de tour précédée d'un mur d'enceinte derrière lequel on entrevoyait un jardin avec une autre construction beaucoup plus petite, peut-être une cabane à outils, et des figuiers. Les fenêtres du rez-de-chaussée comportaient des barreaux, et au sommet de la tour, il y avait quelque chose qui ressemblait à un portique. Tous, en passant, renversèrent la tête en arrière pour mieux voir, et ils furent plutôt impressionnés.

— Comme chez moi, dit Yaya.

— Entièrement d'accord, fit Baboucar en baissant de nouveau les yeux sur son portable. Le train, reprit-il aussitôt. Demain matin. Il part à sept heures trente-sept, et il arrive à dix heures cinquante.

— À Pérouse ?

— Oui.

— Ah, dit Ousmane. Comme ça c'est bon. Comme ça c'est bon, Baboucar.

Baboucar sourit, satisfait.

— Tu as vu ? fit-il.

— T'es un génie, Baboucar, dit Ousmane, et il fit un *high five* avec lui.

Robert ébaucha un applaudissement. Yaya regarda son portable et soupira.

— Presque neuf heures, dit-il. Elle sera bientôt ici. Je le sais.

— Angela ?

Il acquiesça, et dit qu'il fallait accélérer le pas.

— Elle vient à la gare ? lui demanda Baboucar.

— J'espère que non, répondit Yaya. J'espère que non, Baboucar.

Mais il craignait que si. Dans ses plans, cette hypothèse ne figurait absolument pas.

— Moi je dis que non, fit Ousmane. Pas venir gare.

Et il secoua la tête.

— Sûr ? sourit Yaya.

— Trop honte. C'est une femme ! Elle pas poursuivre les hommes.

— Eh, fit Yaya. Peut-être. Mais c'est une femme bizarre.

Pas comme Elisabetta, pensa Robert. Elle était plus intelligente et moins bizarre. Peut-être qu'elle empêcherait Angela de venir, d'une manière ou d'une autre.

— Mais on est presque arrivés, intervint Baboucar.

En effet, le paysage avait un peu changé. Au-delà des nouveaux hangars industriels de chaque côté de la route, les collines semblaient plus proches, et il passait davantage de voitures. Signe d'un urbanisme plus dense, et plus proche.

— Vingt-cinq minutes, dit Baboucar en brandissant son portable, et à leur gauche apparut un gros tas de sable. Le mur d'enceinte, à cet endroit, était vert, vert le muret et vert le grillage à mailles serrées, en plastique, que doublait un autre grillage à mailles plus larges et carrées, en fer rouillé. Peu après le tas de sable, on voyait une étrange structure jaune reliée au sol par une sorte de long pylône incliné, puis une autre similaire, mais verte et mieux dessinée, et encore cinq autres tas de sable. Ils la dépassèrent rapidement et virent aussi, ensuite, une petite centrale électrique en maçonnerie sur laquelle étaient placardées six ou sept affiches d'un cirque, où on voyait un hippopotame, un zèbre et une girafe.

— Royal, lut Yaya. Le grand cirque avec les animaux.

— On y va ? proposa Baboucar. On va à la maison ?

Tous se mirent à rire, même Robert.

Lorsqu'ils arrivèrent à la gare, ils avaient plus d'une heure à attendre avant le départ du train. Yaya et

Baboucar discutèrent un peu, puis Baboucar alla au distributeur automatique et acheta un billet. Dans la salle d'attente, il n'y avait personne mais sur le quai, derrière la baie vitrée, une grosse femme avec un foulard sur la tête se tenait debout, les yeux fixés vers le sud. Ousmane ouvrit l'application Facebook et vit que la vidéo des Lory's Stars avait deux likes. L'un était de Robert. Il le regarda avec une expression amusée, mais Robert sommeillait sur un banc. Il se dit que Lory devait avoir une page Facebook, et en effet c'était le cas. Oh oh, pensa Ousmane, et la case "J'aime" apparut aussitôt. Sur la photo de couverture, on voyait tout l'orchestre, debout sur un fond qui était peut-être une salle de répétition ou un studio d'enregistrement, avec Lory au centre. Elle portait une robe blanche qui lui arrivait au genou, ses épaules étaient nues, son décolleté discret, et elle avait un rang de perles autour du cou. Son visage était potelé mais pas gras, il était comme son corps, comme ses jambes, ses bras et son tour de taille, ses cheveux étaient longs et foncés, sa bouche grande et ses yeux très maquillés. La photo devait être récente car si Ousmane avait dû décrire Lory à quelqu'un, il l'aurait fait exactement comme ça. Les musiciens portaient leur veste à paillettes, l'homme aux cheveux gris se tenait à côté de Lory et bien qu'on ne le vît pas clairement, Ousmane ne pouvait pas exclure que, au moment du cliché, il avait la main posée autour de la taille de Lory. La photo du profil, en haut à gauche, immortalisait le groupe pendant un concert. On voyait l'homme aux cheveux gris, Lory et le type robuste avec la clarinette, pris de trois quarts, jusqu'à la taille. Ousmane fit défiler la page vers le bas à coups de pouce rapides et secs ; sous la photo et la vidéo, il s'arrêta sur le post le plus récent, publié sept heures auparavant, donc à trois heures du matin. Il disait, en lettres capitales :

LES AMIS BON DIMANCHE À TOUS !!!
CE SOIR ON VOUS ATTEND À LA "FÊTE DE LA CRESCIA" À SEFRO (MC) !

Ousmane ne savait pas ce que signifiait *crescia*, ni MC, et il ne savait pas si Sefro était le nom d'un village ou d'une ville, mais il comprit que Lory voulait annoncer le prochain concert. Il caressa l'idée de chercher Sefro sur Google Maps, mais la voix de Baboucar le détourna de sa pensée.

— Oh. Ça, c'est toi qui le gardes, lui dit-il en lui tendant le billet. Son collier argenté reflétait les rayons de soleil qui pénétraient dans la salle d'attente de la gare.

— OK, répondit Ousmane. D'accord.

— Tu me dois trois euros. Pour le billet.

— Ah, fit Ousmane. Oui.

Il enfila une main dans son sac à dos et en sortit un tout petit portefeuille en toile ; il ouvrit la poche intérieure et prit les pièces de monnaie.

— Voilà.

Yaya s'approcha de Robert et fit mine de lui asséner un coup de poing sur la tête pour le réveiller, puis il dit à Baboucar de ne pas oublier de lui réclamer l'argent, après. Baboucar était en train d'écrire un message à Mariam pour lui rappeler le tournage du film, mardi. Et il ajouta qu'il lui enverrait une photo du bord de mer. Mariam lut tout de suite son message et lui répondit par un pouce levé. Baboucar se toucha légèrement les cheveux avec la paume de sa main ouverte et regarda Yaya dans les yeux. Il lui demanda s'il avait dit quelque chose à Robert, et Yaya le lui indiqua.

— L'argent. Quand il se réveillera.

Baboucar acquiesça et regarda à la ronde. À part la grosse dame sur le quai, il n'y avait personne. Yaya fit quelques pas, s'arrêta devant le guichet fermé de la billetterie, leva les yeux jusqu'à l'écran qui indiquait les horaires des trains au départ et à l'arrivée.

— Florence. Rome Termini. Foligno, lut-il à voix haute.

Ousmane traversa la salle d'attente et sortit sur le quai. À sa droite, il vit tout de suite un peu de mouvement, car trois hommes se tenaient debout, devant la porte d'entrée d'un petit bar. Ils étaient blancs mais pas italiens, deux presque blonds. Au cou de l'un d'eux était suspendu un gros crucifix doré. Ousmane se dit que la prière de midi, il la ferait dans le train.

Entretemps, des gens arrivaient à la gare. Robert dormait encore sur le banc, Yaya était assis à côté de lui et pianotait sur son portable. Un autre banc était occupé par une famille de Maghrébins : un vieil homme grand et maigre, à la moustache poivre et sel et aux pommettes saillantes, une grosse femme vêtue d'un hijab marron clair et un enfant de sept ou huit ans, en short. Et devant la billetterie automatique, deux jeunes Italiens d'un peu plus de vingt ans. Baboucar s'assit à côté de Yaya et récapitula le plan à l'intention d'Ousmane. C'était très simple : le premier qui verrait le contrôleur enverrait un SMS aux autres. Évidemment, ils s'assiéraient à deux voitures de distance les uns des autres : Ousmane le plus près de la locomotive, Robert le plus loin. Ousmane, qui était muni du billet de train, était le seul des quatre à ne courir aucun risque, mais cette stratégie ne l'avait pas convaincu. Yaya dit qu'il fallait être optimiste, y compris parce que c'était lui qui avait refusé d'être véhiculé par Angela. À l'heure qu'il était, s'il n'avait pas fait le difficile, ils auraient tous été en voiture, direction la mer, sans devoir sortir un seul euro. À ce moment-là, Robert se mit à parler dans son sommeil. Il marmonna quelques mots incompréhensibles, puis saisit le bras de Yaya et se blottit contre lui, le visage enfoncé dans son biceps.

— Eh là, dit Yaya, et il le prit dans ses bras pour le rassurer.

Baboucar lui dit de ne pas le réveiller, mais de lui parler doucement à l'oreille. Mais Robert s'était déjà calmé, serré contre Yaya comme si c'était un père ou une mère. Ousmane lui toucha le front pour voir s'il avait de la fièvre, mais il était frais. Il s'approcha ensuite de lui et lui murmura à l'oreille quelque chose que les deux autres ne comprirent pas. Les trois Maghrébins avaient observé la scène avec un certain intérêt mais seul l'enfant continuait de les fixer, intrigué. Assis sur le banc, il balançait les jambes et devait se poser des questions sur ces quatre Noirs et la drôle de façon qu'ils avaient de dormir.

En l'espace de quelques minutes, plusieurs autres personnes entrèrent, des Italiens, des touristes d'Europe du Nord, une jeune fille slave qui se précipita vers la grosse dame sur le quai, et un Africain d'une trentaine d'années, avec lequel ils échangèrent un coup d'œil en guise de salut, sans dire un mot. Robert était toujours blotti contre Yaya, et quand il n'y eut plus que cinq minutes avant l'arrivée du train, Baboucar dit qu'il fallait le réveiller.

— Doucement, dit Ousmane, et il commença à lui pincer délicatement l'épaule qui était libre.

Robert ouvrit les yeux presque aussitôt et parut étonné de se retrouver contre Yaya. Il lui adressa un sourire gêné, se redressa, et Ousmane lui dit, en anglais, qu'il était l'heure de partir. Ils ramassèrent leurs affaires, sortirent sur le quai et attendirent le train. Ils ne savaient pas s'il arriverait du côté droit ou du côté gauche. Baboucar regardait frénétiquement autour de lui et au loin, il aperçut sur le quai deux silhouettes qui lui parurent familières.

— Oh, dit-il alors, regardez.

Ils se retournèrent et, postés au bord du quai à une vingtaine de mètres d'eux, ils reconnurent immédiatement les deux Ivoiriens.

Le voyage jusqu'à Foligno se passa sans encombre. Ousmane s'assit dans la voiture 2, Baboucar dans la voiture 7, qui était la dernière, avec les Ivoiriens. Ils échangèrent quelques mots, et les deux n'accordèrent pas beaucoup d'importance à l'histoire du billet. Ils en avaient un ? Non. Et si on les chopait ? Ils espéraient que non. Ils étaient très jeunes, et ils ne voulaient pas imaginer que les choses pouvaient mal tourner. Ils offrirent à Baboucar une nectarine qu'il accepta volontiers. Depuis son réveil, il n'avait rien mangé, comme les autres. Le ramadan était fini depuis moins d'une semaine, et leur estomac s'était habitué au jeûne. À Foligno, ils se retrouvèrent tous les six au bar de la gare, et ils durent courir pour ne pas rater la correspondance. Le nouveau train semblait plus long que l'autre. Ousmane jugea que ce n'était pas bon signe. Plus de voitures, plus de contrôleurs. Pendant le trajet de Ponte San Giovanni à Foligno, il avait vu trois vidéos de Lory's Stars, toutes tournées à des époques différentes. Ce n'étaient pas seulement les vêtements de Lory qui changeaient, mais aussi ses cheveux et surtout ses formes : évidemment, avec les années, elle avait pris quelques kilos, et Ousmane pensait qu'il n'en manquait plus que deux pour qu'elle soit parfaite. Les cheveux poivre et sel de l'homme avaient changé eux aussi. Sur la vidéo la plus ancienne, ils étaient presque totalement noirs, à présent ils brillaient du même argent que les vestes à paillettes.

Au bout d'un quart d'heure, le train s'arrêta dans une gare qui s'appelait Nocera Umbra, et moins de dix minutes après dans une autre qui s'appelait Gaifana, puis à Gualdo Tadino. Le train arrivait, attendait une minute, quelques personnes descendaient et d'autres montaient, pas grand monde. Ousmane n'écouta pas de musique pour ne pas consommer trop d'Internet, et après Gualdo il s'assoupit. Il ne pouvait pas le savoir, mais les autres aussi dormaient : Robert dormait, Baboucar dormait et les Ivoiriens dormaient. Pas Yaya. En ce moment, en face de lui, il y avait un homme d'environ soixante-cinq ans, épaules carrées, lunettes de presbyte sur le nez. Il portait un gilet de pêcheur par-dessus sa chemise blanche à manches courtes et dégageait une odeur d'eau de Cologne. Il était monté à Nocera, et lorsqu'il s'assit, Robert dormait déjà, appuyé à l'angle du siège près de la fenêtre. Yaya lui avait dit bonjour, et l'autre avait passé la majeure partie du temps à le fixer. Il fixait surtout son téléphone portable, puis ses chaussures, ses vêtements, ses grandes mains, ses paumes roses, ses larges narines. Au début, Yaya ne s'en rendit pas compte, mais ensuite il lui arriva, par deux fois, de croiser le regard de l'homme. Il avait l'impression que celui-ci avait envie d'engager la conversation et en effet, à la hauteur de Fabriano, une demi-heure après être monté, l'homme lui adressa la parole.

— Pardon, dit-il, mais sur le moment, Yaya ne comprit pas qu'il s'adressait à lui. Pardon, répéta-t-il en parlant un peu plus fort. – Yaya leva les yeux de son portable et le regarda. – Tu comprends l'italien ?

— Bien sûr, dit Yaya.

— Ah, fit l'homme. Bien.

Yaya lui sourit de nouveau et glissa son portable entre sa cuisse et le siège. Le train ralentissait de nouveau, il semblait devoir s'arrêter dans toutes les gares du monde. L'homme hésitait, comme s'il cherchait les mots pour dire ce qu'il avait à dire.

— D'où tu viens ? lui demanda-t-il enfin.

— Mali.

— Ah. Mali.

Il réfléchit quelques secondes. De toute évidence, il n'avait aucune idée du genre de pays que c'était. Le Mali était en Afrique, mais il n'en savait pas plus. Comme tout le monde, ou presque, en Italie, se dit Yaya. Ils bavardèrent pendant quelques instants. Du lieu où il vivait à Pérouse, de ce qu'il y faisait, des petits boulots occasionnels dans les bars du centre-ville. Yaya était habitué à cette liturgie : certains se montraient intéressés, peut-être un peu compatissants, d'autres fois, on voyait qu'ils brûlaient d'envie de le questionner sur l'argent, le portable, pour comprendre comment fonctionnait exactement l'histoire des trente-cinq euros par jour, et sur les associations qui s'occupaient de l'accueil. Il était devenu très fort dans l'art de répondre : lorsque c'était utile, il expliquait ce qu'était le *pocket money* et la somme à laquelle il avait droit, mais s'il le pouvait, il éludait et évitait d'entrer dans les détails. Au fond, cet homme était discret, et quand il lui raconta qu'il était cordonnier à la retraite, Yaya lui dit que la prochaine fois, il lui apporterait ses vieilles chaussures en cuir. Ils rirent tous les deux et à ce moment-là, l'homme, s'excusant de sa propre ignorance, lui demanda si au Mali il y avait la guerre.

— Bien sûr, répondit Yaya.

— Oh. Désolé.

L'homme avait dit cela sur un ton sincère et étonné, et Yaya s'en aperçut.

— La guerre est une chose très moche, dit-il, et l'autre acquiesça.

— Mais qui est-ce qui se bat, dans cette guerre ? En fait, c'est une guerre civile ou une guerre avec un autre pays ?

— Eh, rit Yaya amèrement, toutes les guerres africaines sont des guerres civiles. Même si ce sont les guerres de la conquête.

— De la conquête ?

— Les soldats sont africains, les généraux sont africains. Mais la guerre n'est pas celle des Africains. La guerre est celle des Européens et des Américains.

L'homme écoutait attentivement, et de temps à autre il touchait ses lunettes de manière bizarre, presque compulsive, le pouce et l'index d'un côté, puis de l'autre.

— Au Mali, c'est les Français qui font tout. Ils bombardent, ils tuent. Ils donnent l'argent pour la corruption.

— Les Français ?

— Oui. On est encore leur colonie, monsieur. Eux nous traitent comme leur colonie. Comme en 1960.

L'homme, à présent, était pensif. Il regarda par la fenêtre, vit les montagnes de chez lui, des montagnes vert foncé, un peu angoissantes. Les Français. Ils avaient eu du pain sur la planche, ces derniers temps.

— Tu es musulman ?

— Moi ? Oui, bien sûr.

L'homme enleva ses lunettes et les rangea dans une des poches de son gilet, puis il croisa les mains en s'appuyant bien sur les accoudoirs et fixa Yaya droit dans les yeux. Yaya avait déjà compris où il voulait en venir et il fit oui de la tête, comme pour dire qu'il était prêt.

— D'après toi, au fond, les Français méritent ce qui leur arrive ?

Yaya claqua la langue et posa les mains sur ses cuisses.

— Vous voulez parler des attentats ?

— Oui, dit l'homme, comme soulagé de ne pas avoir eu à prononcer ces mots le premier. Du terrorisme.

Yaya se gratta le cou, puis un sourcil, il jeta un coup d'œil vers Robert qui dormait comme une bûche, et claqua la langue de nouveau.

— Monsieur, dit-il. Le terrorisme, ça veut dire quoi ? Au Mali, les avions français sont des terroristes ? Les avions américains en Syrie sont des terroristes ? Terrorisme, c'est juste un mot.

Robert se retourna dans son sommeil et lança une imprécation, mais cette fois il n'eut pas besoin de chercher refuge auprès du corps de Yaya. L'homme mit un peu de temps à répondre. Il n'avait l'air ni surpris ni scandalisé.

— D'accord. Ceux qui jettent des bombes depuis les avions ne me plaisent pas, à moi non plus. Mais ici, en Europe, ça devient un carnage. Les attaques à la discothèque et au journal, l'aéroport de Bruxelles…

— Ils font tout. C'est eux qui font tout. Les Français.

— Les Français ?

— Eh oui, dit Yaya. Bien sûr. Les Français. Comme ça, après, ils peuvent dire : "Eh, il y a le terrorisme, on va bombarder l'Afrique avec les avions, on va faire la guerre à Daesh." Mais c'est que des mensonges. Vous devez me croire, monsieur.

Le ton de Yaya n'était pas particulièrement excité, même s'il parlait un peu plus fort que d'habitude. Tous les occupants de la voiture pouvaient l'entendre. Ils n'étaient pas nombreux, moins d'une dizaine, et quelques-uns seulement se concentrèrent vraiment et tendirent l'oreille.

— Toi, tu penses que tout ça, c'est des prétextes pour faire la guerre en Afrique ?

— Je le sais, dit Yaya. En Afrique tout le monde le sait. C'est notre histoire, monsieur. Toujours la même.

L'homme sortit les lunettes de sa poche, les réajusta sur son nez comme s'il avait besoin de mieux voir le jeune homme qui était en face de lui et qui lui disait des choses importantes, et si graves.

— C'est un autre morceau de leur guerre, ajouta Yaya. Voilà tout.

— Donc, Daesh n'existe pas ? fit l'homme.

— Oh, dit Yaya, il existe, oui. Daesh aussi fait sa guerre, pour le pouvoir. Tout le monde veut le pouvoir avec la guerre, en Afrique. Et aussi en Syrie. Et aussi en Irak. Mais si vous voulez savoir ce que moi je pense de Daesh, je pense qu'ils ne la font pas pour Allah ou pour le Coran. Rien à voir avec les religions. Le Coran n'ordonne pas de faire la guerre. Ça a à voir avec le pétrole. Ça a à voir avec l'argent. Ça a à voir avec l'uranium, comme au Mali. Et s'ils font des attentats à Paris, la France peut aller prendre un peu de pétrole elle aussi. C'est toujours comme ça, monsieur. Ça a toujours été comme ça.

Yaya sentait monter la chaleur et elle dilatait les pores de sa peau qui dégageait une odeur âcre, terreuse, pâteuse. L'homme le regardait, acquiesçant imperceptiblement, s'efforçant peut-être de ne pas juger trop vite. Il avait repris son jeu nerveux avec les pouces et les index.

— C'est un discours dangereux, dit-il soudain, sur un ton paternel, résistant à la tentation de regarder autour de lui pour voir les réactions des autres voyageurs.

— Il n'y a rien de vraiment dangereux en Europe, dit Yaya. Le pire endroit de l'Europe est moins dangereux que le meilleur endroit d'Afrique. Et les mots aussi, c'est pareil. Le danger n'est pas dans les mots. Ce que je vous dis, c'est seulement la vérité que tous les Africains connaissent, monsieur. Vraiment, vous devez me croire.

Il se passa le dos de la main sur le nez, claqua la langue et sourit. L'homme fit une grimace perplexe, secoua la tête, se toucha deux fois la paupière gauche.

— Je ne sais pas. Peut-être bien que tu as raison, mais ça me semble un peu trop facile.

Yaya écarta les bras, paumes tournées vers le haut, avec un mouvement maladroit, d'autruche. Il voulait signifier que si les choses étaient comme ça, et si cet homme ne voulait pas le croire, il n'y pouvait rien. Il heurta l'épaule de Robert, qui continua à dormir sans aucune réaction. Puis, le train ralentit de nouveau, et une voix annonça que le prochain arrêt serait Genga-San Vittore.

À Genga, le train s'arrêta plus de dix minutes. Un contrôleur monta dans le dernier wagon et commença à demander leurs billets aux passagers. Baboucar et les Ivoiriens se trouvaient dans la voiture suivante, et le premier à le voir déboucher par la porte coulissante fut justement Baboucar.

— Les gars, dit-il. Il arrive.

Ceux-ci, qui étaient assis en face de lui, ne comprenaient pas.

— L'homme du train. Il arrive. Pour le billet.

À ce moment-là, les Ivoiriens comprirent de quoi il s'agissait, celui qui était assis côté couloir se tourna et vit l'homme au fond de la voiture. Il était jeune et portait un uniforme élégant, sombre, une cravate rouge, et était coiffé d'une casquette. Sans rien dire à Baboucar, ils se levèrent presque à l'unisson et foncèrent vers la porte. Baboucar tenta de les arrêter, mais il obtint l'effet inverse, car l'un des deux se prit les pieds dans la bandoulière d'un sac posé par terre, et s'affala contre la porte encore fermée. L'impact ne fut pas violent, mais le bruit attira l'attention du contrôleur. Les deux jeunes gens s'introduisirent dans l'autre voiture et l'homme passa à côté de Baboucar, d'un pas rapide et martial. Il était grand et maigre et tenait à la main une petite pochette en cuir qui frôla les cheveux de Baboucar. Tout se passa très rapidement car une minute après, le train s'arrêta de nouveau et, avant même de téléphoner à son collègue posté en tête du train, le contrôleur vit, par la fenêtre, les deux Ivoiriens courir sur le quai, puis à l'intérieur de la gare. Ce n'était pas une nouveauté, et il ne s'affola pas pour si peu. Mais lorsqu'il revint, il aperçut un autre Africain qu'il n'avait pas remarqué auparavant et qui, à présent, marchait à pas pressés, presque en courant, vers le dernier wagon. Baboucar avait essayé de mettre son plan à exécution, mais la porte des toilettes entre les deux voitures était fermée. Il revint alors sur ses pas et, quand le couloir s'ouvrit devant lui, il eut une illumination : s'il réussissait à atteindre le wagon en queue du train, il serait sauvé. Le contrôleur était déjà passé par là. Mais il n'eut pas le temps de mettre son projet à exécution. Il était à environ un mètre de la porte lorsqu'il entendit qu'on l'appelait.

— Eh, fit le contrôleur. Jeune homme.

Sur le moment, Baboucar fit semblant de ne pas avoir entendu, mais une fraction de seconde plus tard, il changea d'avis. Lui aussi pouvait essayer de descendre du train, mais cela aurait quel sens ? Éviter le contrôleur, éviter l'amende, OK, pour rester, après, dans cet endroit inconnu au milieu des montagnes, en attendant un autre train qui le ramènerait à Pérouse ? Non, se dit-il. Mieux vaut prendre la situation à bras-le-corps. Il s'arrêta donc, se tourna, attendit. Durant les quelques secondes qu'il fallut au contrôleur pour le rejoindre, Baboucar pensa à une seule chose : la mer, et la photo pour Mariam.

— Où allais-tu ? lui demanda le contrôleur, hors d'haleine.

— Aux toilettes.

— Les toilettes, c'est par là.

— Ah, dit Baboucar. Je ne savais pas.

Le contrôleur jeta un coup d'œil aux quelques autres passagers. S'il n'y avait eu personne, pensa Baboucar, il aurait laissé tomber.

— Tu me montres ton billet ?

Baboucar écarquilla ses yeux très blancs et gonfla les lèvres, comme pour dire que c'était un sacré problème.

— Eh, dit-il. Le billet, je ne l'ai pas.

Le contrôleur soupira et ajusta sa casquette sur sa tête. Il ne dit pas qu'il s'en doutait, il ne dit rien de tel.

— Je dois te mettre une amende.

Baboucar aperçut le sac avec les serviettes sur son siège, au fond du wagon. De nouveau, il pensa à la mer et se sentit soudain fatigué.

— D'accord, dit-il. C'est normal.

Le contrôleur appuya son carnet sur le dossier du siège le plus proche, et lui demanda son identité.

— Si tu payes tout de suite, c'est le prix du billet, plus cinquante euros.

— Ah, fit Baboucar.

L'homme cessa de remplir la fiche de renseignements et leva les yeux.

— Tu les as ?

— Eh non.

— Alors, lui dit-il, tu as trois jours pour payer à un guichet. Après trois jours, c'est cent euros. Si tu attends quinze jours, ça devient deux cents.

Baboucar se gratta la tête et toucha ses cheveux gonflés, du plat de la main.

— Ben dis donc…, fit-il.

Quelques passagers marmonnèrent, le contrôleur eut envie de les faire taire, mais se retint. Il lui était déjà arrivé de devoir discuter avec quelqu'un qui lui demandait d'être indulgent, ou qui lui conseillait d'être plus sévère. Avec les étrangers c'était toujours comme ça. Mais cette fois, personne ne se manifesta ouvertement, les passagers se contentèrent de commenter la chose entre eux ou avec leur voisin, et le contrôleur poursuivit, en essayant d'agir le plus vite possible.

— Tiens, dit-il en tendant un feuillet à Baboucar. Et la prochaine fois, souviens-toi que si tu t'enfermes aux toilettes et si on te trouve, l'amende est de deux cents euros.

Baboucar prit l'amende, la plia en quatre et la mit dans sa poche. L'homme regarda sa montre.

— Normalement, tu devrais descendre à la prochaine, dit-il, mais je te ferai descendre à Jesi avec moi. Dans vingt minutes. On se retrouve ici.

Baboucar ne savait pas où était Jesi, mais il lui sembla que le contrôleur avait voulu lui faire une faveur.

À l'autre bout du train, Ousmane fut réveillé par l'autre contrôleur qui le secouait légèrement : un homme de taille moyenne, barbe poivre et sel en broussaille, un peu enveloppé. Ousmane lui sourit et porta immédiatement la main à la poche de son jean. Il en sortit un gros billet plié en deux ; l'homme l'examina, se concentrant sur l'oblitération faite à Ponte San Giovanni, puis il passa à quelqu'un d'autre. Dehors, les montagnes avaient disparu. On entrevoyait toujours quelques cimes au loin, mais une grande partie de l'horizon n'était qu'une succession de petites bosses sur lesquelles, de temps à autre, se détachaient les silhouettes des campaniles et des immeubles. Il était midi et demi. Ousmane posa son portable sur le couvercle du cendrier, croisa les mains dans son giron et bâilla, se demandant comment ça s'était passé pour les autres. Le train avançait rapidement mais la climatisation ne marchait pas et dans la voiture, on crevait de chaud. Ousmane sursauta et se rappela qu'il devait envoyer un message à Yaya et à Baboucar pour leur dire que le contrôleur était passé. Sur le panneau bleu de la gare, il y avait une longue inscription en blanc qu'Ousmane essaya de lire, sans succès. Yaya répondit tout de suite, avec un pouce levé, mais pas Baboucar. Son téléphone était presque déchargé : plus tard, se dit-il, Baboucar lui prêterait son chargeur et il demanderait à utiliser une prise dans un bar quelconque. Quant à lui, il avait dormi environ une demi-heure, mais cela lui avait suffi pour retrouver un peu d'énergie. Il s'était écroulé tout de suite après avoir récité la prière de midi, sans presque s'en rendre compte, et maintenant, il sentait qu'il avait besoin d'une seule chose : manger.

Entretemps, après le message d'Ousmane, Yaya et Robert avaient décidé de se séparer. Un par ici, l'autre par là. Yaya vers la tête du train et Robert vers la queue. Pendant qu'ils se disaient au revoir, Yaya reçut un message de Baboucar qui lui parlait de l'amende.

— Putain de merde, dit Yaya.

Mais au bout du compte, pensa Yaya, ça ne changeait pas grand-chose. À présent, le train était arrêté dans une petite gare, sans montagnes alentour, la mer était proche, ils avaient presque réussi et ne devaient pas perdre leur sang-froid. Donc, aux toilettes, comme prévu. Il fallait le faire, et tout de suite.

— Allons-y, dit Yaya en donnant à Robert une tape dans le dos, et ils s'éloignèrent rapidement tous les deux, essayant de gagner les toilettes les plus proches. Mais à ce moment-là, il y eut un imprévu. Arrivé dans la voiture suivante, au lieu d'ouvrir la porte des toilettes, Robert la dépassa et ouvrit celle donnant sur le quai. Il descendit, la gare était déserte. Il regarda autour de lui, parcourut des yeux, au loin, le paysage de montagnes, de collines et de plaines, et se mit à marcher vers la queue du convoi. Un mètre, deux, dix, puis ceux qui étaient nécessaires pour atteindre le dernier wagon. Il y monta et s'installa sur l'une des nombreuses places libres, son sac entre les jambes et la tête enfoncée dans les épaules. À côté de lui, il n'y avait personne et par la fenêtre, il pouvait admirer le même paysage de montagnes, de collines et de plaines. Durant les minutes qui suivirent, pendant que le train repartait, puis s'arrêtait pour repartir de nouveau, Robert se sentit tranquille. La voiture était presque vide, et chaude, mais à l'extérieur, la terre se déplaçait, signe que les choses allaient dans le bon sens. Puis le train ralentit pour la énième fois, et une fois de plus, s'arrêta ; en regardant dehors, Robert vit Baboucar déboucher du passage souterrain sur le quai numéro 1. Avec lui se trouvait un homme en uniforme, grand et maigre, qui marchait de manière mécanique. Il se dit qu'il était important de savoir où était en ce moment l'autre contrôleur. Il prit donc son sac à dos, descendit du train et entreprit de le remonter entièrement. Il essayait de marcher le plus vite possible et quand la locomotive souffla, il comprit qu'il n'avait plus beaucoup de temps, pas assez pour voir les deux ou trois premiers wagons mais il décida que ça pouvait suffire, et remonta. Il entendit la porte se refermer derrière lui et un coup de sifflet en provenance de l'extérieur, mais peu après, la porte coulissante du bout du wagon s'ouvrit et il en sortit un autre homme en uniforme, qui le fixa d'un air interrogateur. Robert resta silencieux et ne sourit pas, il se tourna et tenta de soulever la poignée de la porte. À la seconde tentative, il réussit alors que le contrôleur tendait le bras pour attraper son sac à dos noir. Il sortit d'un bond et se mit à courir sans se retourner, de sorte qu'il ne vit pas le visage contrarié de l'homme sur le seuil, il ne le vit pas secouer la tête et refermer la porte en marmonnant des imprécations qui se perdirent dans le ferraillement du train, qui repartait de la gare de Jesi.

La lumière était blanche, et la mer, au-delà de l'étendue des quais, bleue. Ousmane descendit en souriant, en serrant les sangles de son sac à dos, sa casquette de base-ball enfoncée sur sa tête. Deux filles blondes, des touristes allemandes ou américaines, attendaient l'arrivée du train juste au moment où il posa le pied à terre. Quelqu'un le heurta avec une valise et lui demanda pardon, une vieille dame voûtée, longues boucles informes teintes en noir sous un chapeau de paille : elle le doubla à pas lents et s'arrêta un mètre plus loin pour boire à une petite bouteille en plastique. Dans l'ensemble, on ne pouvait pas dire qu'il y avait foule. Quant aux autres, on ne les voyait pas. Il écrivit à Yaya et à Baboucar, attendit quelques secondes, mais ses messages ne furent même pas lus. Cela faisait un moment qu'il n'avait pas de nouvelles d'eux, le contrôleur les avait peut-être chopés. Ousmane se dit que c'était embêtant, mais l'air marin le revigorait. Il pensa que, d'une manière ou d'une autre, ils s'en sortiraient, que, tôt ou tard, eux aussi arriveraient. Il se dirigea donc vers le passage souterrain, tout en regardant du coin de l'œil les deux blondes qui montaient dans le même wagon, s'enfonça dans l'obscurité du petit tunnel et déboucha sur le quai numéro 1. Il dépassa un kiosque à journaux situé à l'angle de l'entrée et se retrouva dans une salle d'attente peuplée d'une vingtaine de personnes. Assise sur l'un des sièges au milieu de la salle, il y avait une jeune Africaine portant un tee-shirt voyant, rose fuchsia, qui le fixa d'un air ennuyé, la tempe appuyée à la paume de sa main et le coude sur le haut du dossier. À côté d'elle, une femme plutôt âgée tenait dans son giron un grand sac bleu avec une étoile blanche au centre. Et il y avait aussi des enfants, des jeunes couples, deux Maghrébins et une autre touriste blonde qui devait avoir un peu plus de vingt ans. Ousmane regarda autour de lui et vit un distributeur de boissons ; il se précipita vers celui-ci tout en cherchant une pièce de monnaie dans son portefeuille, afin d'acheter une bouteille d'eau plate qu'il vida en un clin d'œil. Il en aurait volontiers bu une autre dans la foulée, mais en ce moment, il avait surtout besoin de manger. Il rangea la bouteille vide dans son sac à dos, puis sortit de la gare. La longue avenue sur laquelle elle donnait était bouillante et déserte, sur le trottoir quelques personnes attendaient le bus ou une voiture. Il traversa, entra dans un bar et paya trois euros un gros sandwich à la mozzarella et à la tomate, qu'il se mit à manger assis à l'une des deux tables en terrasse, sous un échafaudage qui le protégeait du soleil. Il n'avait presque plus d'argent. La charge de son téléphone indiquait 20 %, et si Baboucar tardait à arriver, ce serait un vrai problème. Il lui écrivit donc de nouveau pour lui demander où il était, et cette fois, au bout de quelques secondes, Baboucar lui répondit en lui envoyant une photo. C'était un selfie, et à côté du visage souriant de Baboucar il y avait celui, sérieux, de Robert. Ousmane aussi lui envoya un selfie qui le montrait, son sandwich à la main et la bouche pleine, et il demanda une fois de plus à Baboucar où il était, ou plutôt où ils étaient. “Jesi”, répondit son ami. Ousmane ne comprit pas.

Il tendit la tête pour mieux voir du côté de l'entrée de la gare, et seulement alors, il se rendit compte que c'était un bâtiment très blanc et, pensa-t-il, très beau. Il étincelait au soleil de manière irréelle, encastré qu'il était entre d'autres constructions beaucoup plus modestes : une brique d'ivoire entre des pierres et des broussailles. D'une certaine manière, il lui rappelait le palais présidentiel de Banjul. Juste au moment où il finissait de manger son sandwich, il vit déboucher de l'entrée la longue silhouette de Yaya, avec ses épaules carrées et sa démarche élastique. Ousmane siffla et Yaya le chercha des yeux jusqu'au moment où il le vit. Son visage s'éclaira alors en un grand sourire, il traversa la rue et le rejoignit au bar, où il lui expliqua toute la situation. Baboucar coincé par le contrôleur, l'amende, la dernière étape du voyage passée aux toilettes, l'attente du départ du train, avant d'en redescendre.

— Une belle aventure, non ?

Ousmane secoua la tête : lui, il ne l'avait pas du tout appréciée, cette aventure.

— Non, non, dit-il. Comme ça pas aller. C'était dangereux. Trop. – Il réfléchit un moment, puis il claqua bruyamment la langue. – Fifty euros !

Il lui demanda ensuite des nouvelles de Robert, et Yaya lui dit qu'il n'avait aucune idée de ce qu'il était devenu.

— Avec Baboucar ! dit Ousmane sur un ton emphatique, et il lui montra la photo sur le portable.

— "Jesi", lut Yaya en souriant devant la photo, et en la voyant, il se demanda pourquoi lui aussi était descendu.

— À cause de l'amende, comme Baboucar ?

— Peut-être.

Ousmane secoua de nouveau la tête. Il l'avait toujours su. Ce plan était trop risqué. Baboucar avait agi sans réfléchir, il n'aurait pas dû se fier à lui. À présent, ils devaient payer une grosse somme.

— T'en as rien à foutre, rit Yaya. C'est pas toi qui la payes, l'amende.

C'était vrai, mais ça l'ennuyait.

— Robert est trop jeune, dit-il.

Il n'avait pas encore eu de rendez-vous avec la commission, il ne savait même pas exactement comment ça fonctionnait. En ce moment, il ne pouvait pas se permettre de faux pas. Exactement comme moi, pensait Ousmane. Se voir coller une amende dans un train risquait de lui coûter cher.

— Eh, dit Yaya, Robert est nigérian. Il n'aura pas de problèmes.

Ousmane soupira. Il n'était pas convaincu. Nigérian, gambien, malien. Il avait vu des gens de toutes sortes et venant de partout qui s'en sortaient très bien, et d'autres qui se retrouvaient très facilement en galère. Il n'y avait pas de règle, pas de logique. Yaya parlait bien parce qu'il avait obtenu la protection subsidiaire, comme Baboucar. Pour tous les autres, c'était plus difficile. Mais à présent ils étaient au bord de la mer, et ça, c'était incontestable. D'une manière ou d'une autre, ils avaient réussi, Pérouse était loin et la mer à quelques mètres d'eux, tout de suite après cette gare si blanche, une espèce de fantôme colonial posté dans ce village insignifiant, que Baboucar avait choisi pour leur virée. C'était surprenant. Il vit un goéland se poser sur la table voisine de la leur, entendit les cris de ses congénères qui voltigeaient au-dessus des toits de Falconara Marittima. Il tambourina sur la table, regarda Yaya et lui sourit. La journée qui s'annonçait ne pouvait être que splendide.

3

Baboucar marchait devant. Robert le talonnait. À côté d'eux défilaient des villas de hauteur différente et des arbres malingres, au-delà desquels s'étendait la route à proprement parler, que parcouraient de rares voitures et des hommes à bicyclette. Les rideaux de fer des magasins étaient baissés, le vitrage, au rez-de-chaussée d'un vieil hôtel, reflétait le soleil brûlant de l'après-midi, et on avait l'impression de humer, dans l'air, une odeur subtile et iodée. Le prochain train pour Falconara Marittima partirait dans plus de deux heures et ils s'étaient donc mis en route vers le centre-ville, pour voir à quoi il ressemblait. Mais au milieu de l'avenue bordée d'arbres, ils avaient compris que cet endroit n'était pas fait pour eux. Apparemment, c'était un village comme tant d'autres, sans aucune beauté particulière. Ils avaient dépassé une grande aire de stationnement et s'étaient arrêtés pour demander des renseignements à un type assis sur un banc en pierre, à l'ombre d'un arbre. Corpulent, barbe rousse, il tenait un journal avec lequel il s'éventait.

— Le centre n'est pas tout près. Après la rotonde, il y a encore un bon bout de chemin.

— Il est très beau, le centre ? avait demandé Baboucar.

— Il n'est pas mal.

Au loin, un campanile se dressait entre les toits, chargé de promesses différentes de celles du quartier, plutôt laid, qu'ils étaient en train de traverser. Peut-être un bourg médiéval, comme Pérouse et les villages alentour. Baboucar aimait beaucoup ces villages, mais celui-ci n'était pas aussi proche qu'il l'avait espéré.

— Jesi ?

— Oui.

Baboucar avait acquiescé, même si, une demi-heure auparavant, il n'avait jamais entendu parler de cette ville.

— Dix minutes ?

L'homme avait posé son journal sur le banc et tendait en avant son large dos pour mieux se concentrer. Il avait l'attitude de celui qui attend quelqu'un ou quelque chose, sans en avoir vraiment envie.

— Quinze, peut-être.

Baboucar avait un peu réfléchi, claquant la langue et consultant son portable de manière compulsive, à trois ou quatre reprises. Il s'était ensuite tourné vers la direction d'où ils étaient venus, calculant le temps nécessaire pour arriver au centre-ville et en revenir. Il avait regardé alentour et dit à Robert que ça n'en valait peut-être pas la peine, après quoi il avait pris congé de l'homme sur le banc, et ils s'étaient remis en marche. Un quart d'heure plus tard, ils se retrouvèrent dans la salle d'attente de la gare. Au plafond, il y avait un curieux dessin qui pouvait représenter le détail d'une gigantesque plume de paon ou une sorte de chapiteau de cirque vu d'en haut. Mais à vrai dire, Robert le regardait en levant la tête, et il comptait les quartiers triangulaires qui composaient l'image, se concentrant sur les disques bleu foncé tracés près de la base, les côtés courts qui découpaient de l'intérieur le périmètre de la grande figure ovale. Au centre se trouvait une sorte de bouche constituée de lèvres noires et de dents jaunes et peut-être une langue, rouge. Et aussi un diadème de plumes rouges, chacune à l'intérieur d'un des triangles. Quand le téléphone de Baboucar sonna, Robert était justement sous la bouche d'où rayonnait le reste du dessin. Il se déplaça pour mieux en considérer les formes, et Baboucar se mit à lui tourner autour, l'oreille collée à son portable. À ce moment-là, dans la gare, il n'y avait personne d'autre.

— Mais comment je peux faire ? disait Baboucar. Je ne peux pas arriver si tôt.

Robert ne savait pas avec qui il était en train de parler, même s'il avait compris qu'il s'agissait d'un sujet sérieux. De travail, probablement. Ça n'avait pas de rapport avec Mariam, ça n'avait même pas de rapport avec le film. Et à l'autre bout, il n'y avait ni Yaya ni Ousmane. Il perdait toujours le compte avant même d'arriver au bout des quartiers, et à chaque fois il recommençait sans soupirer d'impatience.

— Ce soir, je n'y arrive vraiment pas. Comment je pourrais faire ? J'arrive à la mer dans deux heures, je ne peux pas repartir tout de suite.

Robert s'éloigna de quelques pas de l'endroit où Baboucar s'était arrêté, près du kiosque à journaux, et de là, son regard tomba sur le motif au-dessus de la porte de sortie, réalisé quasiment avec les mêmes couleurs que l'autre. Du rouge, du bleu et surtout du noir. Il représentait deux dragons séparés par un ovale à l'intérieur duquel était écrit "Gare centrale". Sous l'ovale, deux têtards rouges, ou deux spermatozoïdes. On aurait dit des dessins d'enfant. Ça lui plaisait.

— Eh, on est quatre. Moi, Yaya, Ousmane et Robert. Et Ousmane aussi doit rentrer tôt. Baboucar s'adossa au mur, un peu plus détendu. Si tu viens nous prendre, ça peut se faire.

Robert entendit tout, cette fois aussi, et il aurait bien aimé savoir avec qui était en train de parler Baboucar qui, dans sa main libre, serrait les deux billets de train et s'éventait avec, de temps à autre. Entretemps, Robert essayait toujours de compter les quartiers, mais il était trop distrait par la voix de Baboucar et il s'arrêtait toujours avant d'arriver à dix, peu après être parvenu au milieu. De toute façon, ce n'était pas une forme parfaitement symétrique. On ne pouvait pas la diviser en deux parties égales.

— À Foligno ? dit Baboucar à un certain moment. À Foligno, à quelle heure ?

Il resta ensuite silencieux, se mordant la lèvre supérieure, et tourna ses yeux noirs en direction de Robert. Celui-ci lui sourit, presque avec gêne, puis se remit à compter.

— Et on part quand ?

Baboucar se rendit compte, seulement à ce moment-là, qu'il avait toujours à la main les billets achetés peu de temps auparavant au guichet automatique. Ils avaient coûté un euro quatre-vingt-dix chacun. Il les mit dans la poche de son jean serré, et regarda de nouveau Robert, en levant le pouce.

— D'accord, Maïa. C'était celui qu'on voulait prendre. Comme ça, ça va.

— L'important, était-elle en train de lui dire, c'est que vous ne ratiez pas le train. À sept heures vingt, vous devez être à la gare de Falconara Marittima, comme ça vous achetez les billets, et à sept heures trente-sept vous partez. À neuf heures, je vous attends à Foligno, et à dix heures et demie on est au tribunal.

— Très bien, dit Baboucar. Pas de problème.

— Mais j'insiste, dit Maïa, cette fois, vous prenez des billets. Après, c'est nous qui te rembourserons. Ne me joue pas de mauvais tours, ne te fais pas pincer une deuxième fois.

Baboucar sourit et regarda Robert de nouveau.

— L'amende aussi ?

— Oui, l'amende et les billets. Maïa hésita. Le tien, en tout cas.

— Mais on est quatre, protesta Baboucar.

— N'en profite pas, Baboucar. On n'est pas une banque, hein.

Baboucar soupira, sans se faire entendre.

— Hum, dit-il, ça va. Les autres, on les paiera nous-mêmes. Mais pas l'amende de cinquante euros.

— OK, dit Maïa.

Baboucar sourit et se redressa. Il se remit en marche et, en traversant la salle d'attente, il se rendit compte que Robert était toujours en train d'observer le plafond. Il le regarda lui aussi et vit un grand œil fait de quartiers, avec une fleur rouge et blanche à la place de l'iris.

— Écoute, lui dit Maïa juste à ce moment-là, vous dormez où, cette nuit ?

Baboucar éloigna le téléphone de son oreille pour regarder l'heure : deux heures. Ils avaient encore une heure et demie d'attente avant le prochain train pour

Falconara Marittima. Au même instant, l'homme du banc passa devant lui et traversa la salle d'un air las, pour accéder aux quais. Baboucar essaya de lui faire signe, mais l'autre ne fit pas attention à lui.

— On dormira sur la plage.

— Soyez prudents, dit Maïa.

Robert s'était déplacé presque jusqu'à la sortie, et lorsqu'il avait vu l'homme, il avait baissé les yeux. En tout cas, il avait l'impression que Baboucar avait tout arrangé. Il leva encore une fois les yeux au plafond, avec satisfaction. Il y avait seize quartiers. Vu de là, ce dessin pouvait être aussi un gros œil écarquillé au-dessus d'eux.

Yaya et Ousmane descendirent l'escalier et s'engouffrèrent dans un long tunnel blanc qui passait sous la gare. Il était très bas, et ils devaient marcher en baissant la tête. Une fois sortis, ils se retrouvèrent directement sur la plage, une plage de sable épais et plutôt foncé, avec une remise pour les bateaux à droite et un petit établissement balnéaire à gauche. La mer était bleue et, à quelques dizaines de mètres du rivage, on voyait la ligne hachurée des brise-lames en épis.

— C'est beau, dit Ousmane.

Avec l'estomac plein, il se sentait bien. Yaya aussi avait décidé de manger quelque chose, mais il avait préféré chercher un magasin de produits alimentaires pour acheter des fruits. Il l'accompagna chez un des Pakistanais de la rue de la gare, et dans une agence de la Western Union, il vit deux ou trois garçons africains en train de discuter et de rire. Ousmane et Yaya parlèrent encore de Baboucar et de l'amende, mais pendant le retour, ils restèrent presque tout le temps silencieux. Yaya s'arrêta sur le petit morceau de plage libre, entre la remise et l'établissement balnéaire, il enleva son tee-shirt et regarda autour de lui, en quête d'un endroit pour se mettre en maillot de bain. À quelques mètres d'eux se trouvaient deux femmes, l'une d'une soixantaine d'années, l'autre beaucoup plus jeune. Yaya s'approcha et leur demanda s'il y avait des toilettes. La plus jeune lui dit de dépasser l'établissement, il les verrait tout de suite, dans le prolongement de la gare. Ils allèrent donc se changer tous les deux. Non loin des toilettes s'élevait une construction basse en bois bleu et blanc, avec un drapeau italien, et un autre, de pirates, sur le toit. Ousmane les montra à Yaya et lui chuchota quelques mots en wolof. Yaya sourit et entra le premier. Une fois qu'ils eurent enfilé leur maillot, ils retournèrent à l'endroit précédent. Apparemment, c'était aussi un morceau de plage publique, il n'y avait pas d'autres établissements balnéaires de là jusqu'au bout du front de mer, vers le nord, où se dressait une fabrique dont les cheminées étaient peintes avec des bandes rouges et blanches.

— Petroleum ? demanda Ousmane.

Yaya haussa les épaules et dit que c'était sans doute ça. Ils s'installèrent juste à côté des deux femmes, et Ousmane se dit que Yaya était incorrigible. Il eut l'impression que la fille, sous un parasol de guingois, regardait dans leur direction, puis Yaya se dirigea vers l'eau en gambadant et, très vite, Ousmane le vit nager à grandes brassées, jusqu'aux rochers des brise-lames. Dans un premier temps, Ousmane s'assit sur sa serviette, mais il fut ensuite attiré par le tintement des fourchettes, dans le restaurant de l'établissement balnéaire. Il était à moitié plein et, sur le côté le plus proche, on voyait une longue tablée d'adolescents et de femmes qui parlaient très fort. L'un d'eux se mit à hurler, et continua ainsi pendant deux minutes. Ousmane le regardait, à la fois intrigué et inquiet, mais au bout d'un moment, il comprit que le garçon avait un problème. Deux femmes se levèrent et le prirent par le bras, chacune d'un côté, et le conduisirent dans l'eau en lui parlant à l'oreille. La baignade ne dura pas longtemps, juste quelques minutes, et le trio était déjà de retour. À présent, le garçon paraissait plus calme. Ousmane ne les avait pas quittés des yeux, et l'odeur de poisson en provenance de la cuisine lui fit comprendre qu'il avait encore faim. Il décida donc d'aller faire un tour, pour ne pas penser à la nourriture et pour voir à quoi ressemblait la plage, jusqu'à la fabrique. Avant d'y aller, il jeta un coup d'œil à la mer, mais on ne voyait plus Yaya. Il traversa de nouveau l'établissement et continua, après les toilettes et la baraque avec les drapeaux. La voie ferrée se déployait juste là-derrière, uniquement séparée de la plage par une petite palissade, et de l'autre côté de la palissade il y avait d'autres petites constructions semblables à des maisonnettes étroites, à peine plus hautes qu'un adulte ; des femmes et des enfants en maillot de bain y entraient et en sortaient. En face de celles-ci étaient installés des parasols et quelques chaises longues et en passant, Ousmane remarqua, à l'intérieur, de véritables cuisines. En effet, sur des tables basses plantées dans le sable, ou sous de grandes bâches tendues entre deux toits, gisaient des écuelles et des couverts avec des restes de nourriture. Des hommes âgés, en maillot de bain, aux jambes maigres et au gros abdomen bronzé, trafiquaient avec quelque chose – Ousmane ne comprenait pas quoi – près des barques immobiles sur le sable mouillé, pendant qu'une femme de plus de soixante-dix ans parlait très fort dans un téléphone. Ousmane marchait pieds nus sur les galets très chauds sans que ça le brûle, longeant d'autres constructions et d'autres passages souterrains. Arrivé au pied des cheminées d'usine, il décida de s'arrêter et s'assit sur un muret. Il voulait essayer de jouir de la vision de la mer. Au bout d'un moment, son téléphone sonna et, avant même de lire le nom de celui qui l'appelait, il vit que le niveau de la batterie n'était que de 15 %. Il répondit à Yaya tout en pensant à Baboucar et à son chargeur, expliqua où il était et Yaya lui dit de l'attendre là. Puis il s'entendit appeler dans son dos et, en se tournant, il vit deux carabiniers avancer sur la petite esplanade dans le prolongement de la plage.

— Jeune homme, dit le plus grand des deux, un homme d'une quarantaine d'années, portant lunettes, visage ovale un peu grassouillet, et dont le teint olivâtre contrastait avec les favoris poivre et sel qui dépassaient de sa casquette. Tu peux me montrer tes papiers, s'il te plaît ?

L'autre carabinier était petit, avec de larges épaules de lutteur. Ousmane ne saisit pas tous les mots, mais il n'y avait guère de doutes sur ce qu'ils voulaient.

— Bien sûr, dit-il, et il se mit à fouiller dans son sac à dos d'où il sortit son portefeuille avec le permis de séjour temporaire.

Le carabinier le prit délicatement et y jeta un bref coup d'œil.

— Carte d'identité ? demanda-t-il.

— Non, dit Ousmane, ça moi je n'y ai pas.

— Passeport ?

Ousmane secoua la tête et passa sa langue sur sa lèvre supérieure, puis il regarda furtivement le carabinier le plus petit, qui semblait concentré sur ses propres pensées.

— Tu vis où ? demanda le carabinier. À Pérouse ?

— Oui, oui. Pérouse, dit Ousmane.

— Et tu fais quoi, ici ? Tu es venu pour te baigner ?

— Excuse, dit Ousmane. Moi comprends pas.

Le carabinier ajusta sa casquette sur sa tête et posa un pied sur le muret, une jambe tendue, l'autre pliée.

— Aujourd'hui, dit-il. Pourquoi tu es venu ici, à Falconara ?

— Ah, dit Ousmane. Oui, oui. À la mer.

L'autre carabinier parut se réveiller subitement. Il regarda son collègue, puis dévisagea Ousmane, mais sans hostilité.

— Tu es tout seul ? demanda-t-il.

— Non, non, pas seul. J'ai venu ici avec les amis.

— Ah, dit le premier carabinier. Et ils sont où, en ce moment ?

Ousmane sourit car, en effet, c'était une bonne question.

— Un ami, Yaya, arrive maintenant, dit-il en indiquant la partie opposée de la plage, vers le sud. Plus d'amis en train. Eux aussi, arrive ici. Mais après.

Le permis de séjour passa de main en main, et le carabinier silencieux se dirigea vers la voiture de police garée à l'ombre, au bout de la petite esplanade, tout près des murs de la fabrique.

— Et toi, demanda le carabinier, tu es venu en train toi aussi ?

— Oui, oui, en train. Avant.

Un goéland plana juste au-dessus de la tête d'Ousmane et finit sa course au bord de l'eau, plongeant aussitôt le bec dans le sable vaseux, en quête de crabes. Le carabinier posa le pied sur le sol et s'étira légèrement, après quoi il enleva sa casquette et s'éventa avec.

— Et pour la demande, tu en es où ? dit-il en baissant la voix. La demande d'asile, je veux dire.

— Oh, oui, oui, dit Ousmane. Moi compris.

Il se tut un moment, cherchant les mots justes, son meilleur italien afin de s'expliquer.

— La première rencontre pas marché bien. Maintenant attendre une autre.

— Le tribunal, dit le carabinier. Tu as engagé un recours contre le refus de la commission ?

— Oui, oui, dit Ousmane. Oui. Exactly. 'Zactement.

Le carabinier lui fit signe qu'il avait compris la situation et se tourna vers son collègue qui revenait déjà, sans se presser, tenant à la main le permis de séjour qui vibrait dans le vent.

— Mais dis-moi un peu, Ousmane. En Gambie, tu étais beaucoup moins bien qu'ici ?

— Oh, dit Ousmane, avec une sorte de rire hystérique forcé. Oui, oui. Pire. Pire ! En Gambie dictateur. N'a pas liberté. La Gambie n'a pas liberté.

— Mais tu avais un travail ?

— Oui, oui ! Moi policier ! École de police, pour enseigner. Puis arrêté, et alors partir.

Le carabinier le regarda plus attentivement, un œil fermé à cause du soleil.

— Ah, fit-il en ricanant. Un policier. Alors on est presque collègues.

Ousmane attendit la suite, car il n'avait pas compris.

— Je veux dire. – Le carabinier joignit les index de ses deux mains. – Toi et moi, même travail. Carabinier et policier, presque pareils. Non ?

— Oui, oui. Exactly, s'exclama Ousmane, enthousiaste. Tout à fait ça.

— Eh, mec, dit alors le carabinier, s'adressant au collègue qui se trouvait désormais à quelques mètres, on a ici un confrère.

L'autre lui fit un signe du menton, comme pour lui demander de s'expliquer.

— Ousmane est un policier. École de police.

— Ah, fit le collègue, en souriant pour la première fois. Ben voyons. C'est évident.

Ousmane comprit le sens de ces mots et, dilatant ses narines bien sculptées, il se mit à fouiller de nouveau dans son sac à dos, et finit par en sortir une petite pochette en plastique contenant des papiers. Les deux carabiniers furent pris au dépourvu et, quand Ousmane leur montra un autre feuillet froissé, le carabinier à lunettes le prit, d'un air grave. Il le regarda, lut ce qui y était écrit, examina la photo d'Ousmane en uniforme, et le lui rendit après l'avoir replié en quatre.

— Tu vois qu'il a raison, dit-il à l'autre. Ousmane est un type bien.

Ousmane acquiesça et reprit la photocopie de sa carte de police, pendant que le carabinier plus jeune disait à l'autre que tout était en règle. Et il lui rendit aussi son permis de séjour.

— Et cette nuit, Ousmane, tu vas dormir où ? Vous rentrez à Pérouse ou vous restez ici ?

Ousmane regarda dans la direction d'où Yaya aurait dû arriver rapidement, puis il passa une main sur ses petites tresses à peine esquissées.

— Cette nuit ? dit-il seulement.

Les carabiniers se regardèrent.

— Si vous voulez dormir sur la plage, faites attention, dit-il. La nuit, à Falconara, il y a des types louches qui se promènent.

Après quoi, ils prirent congé de lui et retournèrent à leur voiture, en discutant entre eux.

Une fois sorti de l'eau, Yaya n'avait plus vu Ousmane. Il avait nagé une vingtaine de minutes, et les muscles de ses bras tressaillaient. Sa peau séchait rapidement, son maillot jaune et noir ressortait sur son corps sculpté, telle une frise sur une sculpture votive. La jeune fille et sa mère ne pouvaient pas s'empêcher de lorgner dans sa direction, et Yaya les regarda plus d'une fois, mais en restant sérieux. Il se sentait fatigué et s'assoupit au soleil, mais la sonnerie de son portable le réveilla rapidement d'un sommeil sans rêves. C'était Baboucar, et il ne répondit pas. Il essaya de se rendormir, en changeant de position sur sa serviette de plage trop courte, pointa les pieds sur le sol et pivota sur lui-même de 90 degrés pour se mettre en chien de fusil, mais ne retrouva pas le sommeil. Les deux femmes étaient toujours à la même place, même si l'inclinaison de l'ombre, à côté d'elles, avait changé. La fille avait de longs cheveux blond cendré et elle lisait un magazine, les jambes croisées, sur un drap de plage. Yaya s'assit sans la quitter des yeux, et il allait lui adresser la parole quand une pluie de sable s'abattit sur son dos et quelqu'un trébucha en courant. Yaya se leva pour aider le garçon étalé par terre, devant lui, mais celui-ci se releva à toute vitesse et se remit à courir vers la mer.

— Carlo !

À présent, au moins quatre ou cinq voix de femmes criaient, de toutes leurs forces, ce qui devait être son prénom, et l'une d'entre elles passa tout près de Yaya, en sautillant maladroitement entre les petites dunes. Elle était courte sur pattes, portait des lunettes et avait des cheveux noirs et frisés, et si le garçon n'avait pas trébuché de nouveau contre les premières vaguelettes, elle n'aurait jamais réussi à le rattraper. Une chose était évidente : elle n'arrivait pas à maîtriser sa colère. Carlo se débattait et se dégageait continuellement de l'étreinte de ses bras, et par moments, il poussait des hurlements déchirants, semblables à des mugissements. Yaya se tourna, tâchant de comprendre ce qui se passait, et il vit un groupe désordonné, sous l'auvent du petit restaurant. Des femmes continuaient à crier le prénom de Carlo, pendant qu'une vingtaine d'adolescents braillaient et tapaient frénétiquement des mains sur la table. Les femmes avaient toutes entre trente et cinquante ans, elles s'agitaient mais aucune ne faisait un pas vers la plage, occupées qu'elles étaient à contenir l'énervement des autres adolescents. Yaya comprit la situation et il fut le premier à rejoindre, à grandes enjambées, le garçon et sa monitrice. Carlo reculait, la tête légèrement en avant, les yeux fixés sur l'index levé de sa main droite. Il hurlait toujours, et quand la femme s'approchait trop, il moulinait les bras, essayant vainement d'imiter une technique d'art martial. La femme tentait de le rassurer, les bras ouverts et en lui parlant à voix basse, mais ses lunettes tordues sur son nez, et ses jambes maigres qui pointaient d'un grand tee-shirt blanc lui donnaient un air apeuré et grotesque. Elle avançait en claudiquant, et le vent séparait ses boucles noires des argentées. Yaya s'arrêta non loin d'eux, et lorsque la femme remarqua sa présence, elle eut le réflexe d'ajuster ses lunettes sur son nez, comme si la présence d'un spectateur exigeait un semblant de tenue.

— Je l'immobilise ? lui demanda Yaya.

Elle parut ne pas entendre. Elle continuait à marcher, bras écartés dans la promesse d'une étreinte et, de temps à autre, Carlo s'arrêtait pour reculer à nouveau, en enfonçant les talons dans le sable mouillé. La mer était à moins d'un mètre d'eux. Yaya réitéra sa question et perçut, du coin de l'œil, la présence d'un cordon de personnes à proximité, derrière lui. Quelques dizaines de baigneurs s'étaient rassemblés pour assister à la scène, mais aucun ne se hasardait à intervenir. Yaya se trouvait dans une sorte de no man's land entre la scène et le parterre, tel un intrus dans une représentation théâtrale. Cette fois, la femme parut entendre ses mots et au bout de quelques secondes, elle le regarda pour mieux évaluer la situation. Le maillot de bain du garçon était descendu au point de découvrir une partie de ses fesses, révélant une peau plus blanche que celle du reste du corps. Il avait un peu d'embonpoint mais derrière le masque congestionné par les efforts, les traits de son visage étaient gracieux, beaux. La femme regarda Carlo, puis de nouveau Yaya, et elle vit les hommes et les femmes derrière eux.

— Ne lui fais pas de mal, dit-elle seulement.

Le visage de Yaya se crispa. Il écarta les bras comme elle, avança lentement de deux pas, puis se jeta sur Carlo et le saisit par-derrière. Le garçon se débattit, mais Yaya était trop grand pour lui, et le serrait trop fort.

— Doucement, dit la femme, et même si Carlo lançait des coups de pied, Yaya l'accompagna lentement jusqu'aux parasols en marchant à reculons, tel un maître nageur qui revient après avoir sauvé des vagues un touriste imprudent.

La foule s'écarta pour le laisser passer, et lorsqu'ils furent suffisamment loin de l'eau, une des monitrices arriva ; elle parla à Carlo et lui mit dans la main un objet que Yaya n'arriva pas identifier. Cet objet eut le pouvoir de rassurer un peu le garçon qui haletait et qui, de temps à autre, se débattait pour échapper à la prise.

— À présent, tout va bien, dit la femme frisée, en lui posant une main sur le front et en faisant signe à Yaya de le mettre en position assise.

L'autre femme avait un portable à la main et elle téléphona à quelqu'un, lui demandant de venir rapidement et d'apporter tout ce qu'il fallait. Pour Yaya, ce fut une opération compliquée, mais une fois que Carlo fut assis sur le sable, il cessa de se rebeller et concentra toute son attention sur l'objet que lui avait donné la monitrice. Il le tenait à quelques centimètres de ses yeux et lui parlait à voix basse.

Les deux femmes s'assirent à côté de lui, la frisée dit à Yaya de partir. Elle avait un regard vitreux et ne le remercia pas. Yaya s'éloigna, ses tempes battaient et ses bras étaient encore plus douloureux qu'auparavant. Parmi les gens, il entendit quelqu'un qui parlait de lui, et tout en se dirigeant vers ses affaires, en allongeant le pas pour évacuer la tension, il aperçut la fille blonde debout, non loin de la première rangée de parasols. Elle lui sourit, et il lui sourit aussi. Puis il ramassa sa serviette, la mit dans son sac à dos et téléphona à Ousmane pour savoir où il était passé.

Il remonta lui aussi la plage et les étendues de cabanes, en essayant de se sortir de la tête le visage et l'odeur du garçon, et lorsqu'il vit Ousmane, il se mit à agiter les bras et se sentit content d'avoir retrouvé un ami. Ousmane était assis sur le muret, sa casquette de base-ball sur la tête, les yeux fixés sur la ligne de la mer. Il raconta immédiatement à Yaya ce qui s'était passé avec les carabiniers.

— Ce n'est pas vrai que tu es un policier, Ousmane, dit Yaya en riant.

— Oui ! fit Ousmane. Oui, Yaya ! Tu le sais bien. Pourquoi dire non ?

— Eh eh, dit Yaya, je plaisante. Je plaisante toujours.

Des ennuis de ce genre, il leur en arrivait très souvent, mais les policiers qui les arrêtaient n'étaient pas toujours comme ces deux carabiniers. Une fois, Yaya était resté une heure à l'intérieur d'une voiture de police, attendant qu'ils lui rendent ses papiers, et pour ne pas commettre d'erreur, il était resté muet tout le temps.

— Les carabiniers sont plus gentils, dit-il.

— Oh, fit Ousmane. Non, moi pas savoir.

— Fais-moi confiance, insista Yaya, mais il disait cela pour dire quelque chose.

Il n'aimait ni les uns ni les autres, exactement comme eux qui ne l'aimaient pas. Mais c'était le prix à payer pour rester là où il voulait rester, et il le savait très bien. Il essaya donc d'appeler Boubacar, mais celui-ci ne répondait pas. Il dit à Ousmane que la mer était très sale et que la baignade avait été comme ci comme ça, mais il ne parla pas de Carlo et de la scène qui s'était passée. Il regarda le soleil, encore haut dans le ciel, puis son portable. Il était quatre heures et demie de l'après-midi, et il y avait une autre chose qu'il voulait faire. Il calcula rapidement la distance qui pouvait les séparer de la gare, se dit que ça devait faire un kilomètre, peut-être un peu plus, puis se demanda ce qu'il y avait derrière les cheminées d'usine, à quoi ressemblait le village, le long de la côte et à l'intérieur des terres.

— Écoute, dit-il à Ousmane. Tu m'accompagnes ?

Ousmane lui demanda où. Yaya passa une main sur son maillot de bain et lui expliqua qu'il voulait chercher un bar pour voir le match. Celui-ci commencerait dans quatre heures, et pour rien au monde il n'aurait voulu le rater. Il pensa un instant à Carlo et se demanda si lui aussi verrait la finale. Si toutefois il était en mesure de voir un match de foot.

— Ici, c'est un endroit de merde, dit-il, et Ousmane haussa les épaules.

Ils se mirent en marche et empruntèrent le passage souterrain le plus proche, qui était encore plus bas de plafond que le précédent. Arrivés au bout, ils se retrouvèrent dans une partie plus large, avec plusieurs sorties. La plus à gauche était celle qui permettait de retourner vers la gare, et ils n'eurent même pas besoin de se dire qu'ils devaient aller par là, mais sur la paroi en béton, juste avant la bifurcation, Ousmane vit quelque chose d'incroyable, et il s'arrêta net. Devant lui, dans la pénombre, il y avait deux affiches abîmées et en partie arrachées, des affiches des Lory's Stars. On entrevoyait la date, c'était un 20 août et quelque chose, mais de toute évidence, une date ancienne, qui remontait à au moins deux ans. Yaya se tourna et demanda à Ousmane ce qu'il fabriquait, et son ami lui expliqua que c'était le même orchestre que la veille au soir, à la fête de village au bord du Tibre. Yaya dit que c'était bizarre, mais il se remit tout de suite en marche, alors qu'Ousmane prit son temps pour bien regarder ce qui restait de l'image. Lory était plus jeune et plus mince, et sa robe semblait différente de toutes celles qu'il lui avait vues sur les photos et les vidéos Internet, ou la veille, au concert. À côté d'elle se trouvait l'homme aux cheveux gris et en guise de fond, dans un photomontage grossier que même un enfant aurait pu réaliser, le reste de l'orchestre, tous en veste à paillettes. Ousmane était stupéfait et heureux. Il prit le portable dans son sac à dos, cadra les affiches et s'apprêta à les photographier, mais il entendit le signal de la batterie qui était en train de se décharger et en quelques secondes, il vit l'écran devenir totalement noir.

En descendant du train et en se retrouvant face à la mer, Baboucar exulta secrètement. Voilà, il était arrivé à ses fins : Mariam aurait bientôt la preuve de ce qu'elle était en train de rater. Robert le suivait en bâillant, les mains agrippées aux sangles de son sac à dos, ses jambes maigres perdues dans son jean noir.

— Regarde, dit Baboucar en lui montrant la ligne bleue, au-delà des quais et de la barrière qui entourait la gare.

Robert sourit et lui attribua un cinq à pleine main, puis ils heurtèrent leurs poings fermés. Le train était à moitié vide et aucun contrôleur n'avait demandé à voir leurs billets ; à ce qu'il semblait, le train se vidait complètement. Juste au moment d'entrer dans le passage souterrain qui les amènerait au quai numéro 1, Baboucar s'arrêta, la main déjà collée à la rampe.

— C'est eux ? dit-il à voix haute, mais en fait, il se parlait à lui-même ; puis il recula de deux pas et donna une petite tape à Robert. Regarde là-bas. Regarde qui est là.

Les deux Ivoiriens marchaient en direction du passage souterrain penchés sur leurs portables, avec une démarche chaloupée, coiffés de leurs casquettes de base-ball. Deux taches noires dans l'essaim clairsemé des vacanciers pâles et des travailleurs qui faisaient la navette. Baboucar siffla, les autres levèrent la tête et le saluèrent à l'unisson.

— On les attend ? demanda-t-il à Robert, et celui-ci fit oui, d'un signe de la tête.

Ils les prirent donc avec eux et, en sortant de la gare, Robert dit qu'il avait faim et soif.

— Bien sûr, dit Baboucar. Mais d'abord, on va à la plage.

Robert ne protesta pas et le suivit dans le passage souterrain blanc, un train passa au-dessus d'eux et on avait l'impression que tout allait s'effondrer. Malgré le fracas, Baboucar continuait à leur expliquer le film, en mélangeant l'italien et l'anglais, comme il avait commencé à le faire à la gare de Jesi.

— Le problème, c'est les filles. Elles ne viennent pas sur le tournage. Il n'y a que Mariam qui vient. Il n'y a qu'elle.

Pour ce qu'il pouvait comprendre, Robert trouvait l'idée plutôt bonne, et concernant les filles, il n'avait aucun mal à le croire. Les Nigérianes qu'il connaissait, on ne pouvait pas leur faire confiance, sinon il les leur aurait présentées volontiers.

— Pour la dernière scène, on a mis une perruque à Ibrahim. On aurait vraiment dit une femme. Like a real woman. Mais il ne veut pas le faire, dit Baboucar. C'était une perruque blonde. Ibrahim blonde, ajouta-t-il en riant.

Les deux Ivoiriens n'écoutaient pas vraiment ce que disaient les autres, et lorsqu'ils furent sur la plage, l'un des deux fit claquer sa langue et se déshabilla sans attendre. Il resta en slip, un boxer rouge et bleu, et murmura quelques mots à son ami, qui était encore debout et complètement habillé.

Baboucar s'éloigna alors de Robert sans rien dire, s'approcha de l'eau et brandit son portable pour prendre un selfie, avec la mer en toile de fond. Il prit quatre ou cinq photos, puis sélectionna la meilleure et l'envoya à Mariam avec un smiley. Depuis un jour entier, il attendait ce moment, et il trouva presque incroyable qu'il puisse passer aussi vite. Désormais, il s'agissait d'attendre une réponse sans surveiller le téléphone toutes les trois secondes, et lui-même ne savait pas si ça marcherait. Avant de le remettre dans sa poche, il envoya aussi un message à Yaya pour lui communiquer leur arrivée, après quoi il retourna auprès de Robert et enleva ses chaussures.

— Ça te plaît ? lui demanda-t-il.

Robert répondit oui.

Baboucar prit une serviette dans le sac en plastique ; il en sortit également un peigne, puis il s'assit et remarqua deux femmes qui le regardaient de sous un parasol. Il détourna les yeux, gêné, mais peu après il se rendit compte qu'elles le fixaient toujours, en parlant à voix basse. Sans comprendre ce qui se passait, il leur sourit et dit à Robert que, s'il en avait envie, ils pouvaient manger.

— Là, dit-il en indiquant le bar de l'établissement balnéaire. Tu me prends un sandwich, pour moi aussi ?

Robert demeura interdit, ne sachant que faire, et Baboucar le rassura :

— Après, je te donnerai l'argent. Un sandwich et une bouteille d'eau. Sandwich and water.

Robert acquiesça en levant le pouce, et se dépêcha d'aller au bar. Les deux jeunes Ivoiriens s'étaient de nouveau évanouis même si, d'après Baboucar, celui qui s'était déshabillé était simplement en train de se baigner. Va savoir où était l'autre. Il fallut à Robert quelques minutes que Baboucar passa à regarder la mer, les brise-lames alignés d'un bout à l'autre de la plage, les bouées, les panneaux plantés dans l'eau, et surtout les navires qui passaient à l'horizon. À sa droite, il arrivait à voir l'extrémité de la baie où ils se trouvaient : un grand port plein de grues et de treuils, construit au bout d'une langue de terre bossue et de couleur sombre. Non loin de lui, deux longs pontons, ou peut-être étaient-ce des conduites d'eau, qui arrivaient jusqu'aux brise-lames. Il regardait aussi les gens dans l'eau, ils étaient nombreux et il se demanda qui, parmi eux, s'était retrouvé sur le selfie qu'il avait envoyé à Mariam. Il chercha, parmi ces têtes, celle de l'Ivoirien, mais il n'y avait aucun Africain. À sa gauche, en revanche, les parasols bleu électrique de l'établissement balnéaire masquaient l'autre bout de la plage. Robert revint ensuite avec deux sandwiches et deux petites bouteilles d'eau qu'il tenait dans ses mains.

— Tomate et mozzarella, dit Baboucar en sortant son sandwich de l'emballage. Très bien, merci.

Tout en mangeant, il reprit le fil de son propos sur le film, même si, en douce, son cerveau pensait à Mariam et à ses yeux écarquillés sur l'écran de son portable, occupé par le visage souriant de Baboucar sur fond de mer bleue, avec les rochers et les navires et on ne sait qui immergé dans l'eau.

— Je me dis que, si on trouve des filles sérieuses, le film peut être réussi. Pas besoin de caméra. On m'a dit que le portable suffit. Mais il faut s'y connaître en montage. Il faudra que je me fasse aider.

Il s'interrompit un instant, en fixant Robert.

— Toi aussi, Robert, tu peux participer. You in the movie. Mais tu dois parler en italien. Ou alors tu ne dis rien. Tu es dans le film, mais tu ne dis jamais rien. Je ne sais pas comment ça se dit, en italien.

Robert sourit.

— Moi italien mali, dit-il. Très très mali.

— Hum, marmonna Baboucar en mâchant. Ça c'est vrai. Peut-être que tu peux apprendre ton rôle avec la mémoire. Tu dis les mots et c'est tout. Tu peux jouer le frère d'une épouse.

Ces derniers temps, il avait eu pas mal de doutes sur le film. Peut-être aurait-il dû insérer des passages de fiction, avec aussi des personnages italiens. Ou garder l'idée d'origine, avec le mariage célébré de manière traditionnelle, comme ceux qu'il avait connus chez lui, et les disputes entre les deux épouses et les amies des épouses. Il avait demandé à Robert ce qu'il en pensait, mais Robert n'avait rien dit. De toute façon, ça lui plaisait, avait-il dit. Ce serait sûrement un bon film, quoi qu'il en soit. De nouveau, Baboucar sentit sur lui les yeux de ces femmes et, en les regardant, il comprit qu'il ne s'était pas trompé. C'étaient une femme âgée et une jeune, sans doute la mère et la fille, et la fille était plutôt jolie. Elles parlaient de lui, il en était sûr, et elles n'arrêtaient pas, elles non plus, de fixer Robert.

— Ousmane ? dit Robert.

— Ah, dit Baboucar. J'ai écrit à Yaya. Et il n'a pas répondu.

Mais il ne pouvait pas en être certain étant donné que, depuis au moins dix minutes, il n'avait pas regardé son portable. C'était peut-être le moment de le faire, se dit-il, pris d'une grande appréhension.

— Attends, dit-il, et après avoir posé le reste de son sandwich sur la serviette, il sortit son portable et l'amena à quelques centimètres de son visage, cherchant la bonne inclinaison pour éliminer les reflets du soleil.

Sur l'icône de WhatsApp, en haut à droite, était apparu un petit cercle rouge avec au centre un 1 blanc. Baboucar y posa le gras du pouce, et avant même de pouvoir lire le nom de la personne qui lui avait écrit, il vit le gros cœur rouge, battant, qui occupait la ligne au-dessus. Le cœur rouge de Mariam. Bon sang ! se dit Baboucar.

— Rien, dit-il, sans faire aucun effort pour retenir un gigantesque sourire.

4

Baboucar marchait devant. Yaya le talonnait, et quelques mètres plus loin, les quatre autres suivaient : Robert, Ousmane et les deux Ivoiriens. À côté d'eux défilaient la voie ferrée et les maisons, dont les rez-de-chaussée étaient truffés d'épiceries pakistanaises et d'agences de la Western Union. Les voitures passaient, rapides, le soleil était encore haut dans le ciel même si, désormais, il était sept heures du soir. Ils s'étaient retrouvés une heure auparavant dans le hall de la gare, puis s'étaient rendus sur une place, à deux pâtés de maisons de la gare : là, ils avaient pu bavarder à l'ombre des arbres aux abondantes frondaisons, disséminés tout autour. Au centre de la place se dressait un grand palmier et, en face des bancs sur lesquels ils s'étaient assis, il y avait un manège rouge orné de dessins pour enfants, dominant les fenêtres fermées.

— Alors, demain, on part à sept heures, avait dit Baboucar, et il s'était lancé dans la présentation du programme.

Personne n'avait élevé d'objection, même s'il était clair qu'il y avait un problème plutôt évident. En effet, en comptant aussi les deux Ivoiriens, ils étaient six, et dans la voiture de Maïa, il n'y avait de la place que pour quatre. Mais Baboucar fit comme si de rien n'était et se contenta de parler des horaires à respecter et de l'argent, des billets jusqu'à Foligno et des risques qu'il ne fallait plus courir. L'amende dont il avait écopé était plus que suffisante. Par ailleurs, au fond, ils savaient tous, eux les premiers, que les Ivoiriens devraient trouver un autre moyen de rentrer à Pérouse. Ils feraient ce qu'ils avaient projeté dès le début, c'est-à-dire qu'ils reprendraient un train et parcourraient le chemin en sens inverse jusque chez eux. Et tous, sans exception, savaient que ce ne serait pas un vrai problème. Yaya avait demandé à Baboucar pour qui il devrait jouer les interprètes au tribunal, mais Baboucar savait seulement qu'il s'agissait de deux Sénégalais et d'un Gambien dont il ignorait le nom. Ousmane était resté tout le temps silencieux car il pensait à la sienne, d'audience, il pensait au rejet de sa demande d'asile, et il ne voyait aucune raison de faire autre chose que se taire et se perdre dans son propre découragement. Robert avait compris, plus ou moins, et il se demandait qui lui servirait d'interprète quand ce serait son tour de se présenter devant la commission.

L'autre problème à résoudre, à présent, était celui de la nuit. Yaya avait demandé à Ousmane de raconter tout ce que lui avaient dit les carabiniers, mais Ousmane n'était pas d'humeur à parler, et ce fut donc Yaya qui le fit et qui demanda aux autres, en faisant mine de se poser la question à lui-même, si dormir sur la plage était, ou non, une bonne idée. Ce qui avait provoqué une petite discussion.

— Mais nous, on est nombreux. Il n'y a aucun danger, avait dit Baboucar.

Yaya souffla, agacé, et dit qu'il n'avait aucune envie de se disputer avec un tordu. Il proposa ensuite d'aller jeter un coup d'œil près de la fabrique avec les cheminées, qui était un peu plus éloignée de la gare ; ils s'étaient donc mis en route et avaient commencé à remonter la voie ferrée. Sur les seuils des boutiques de Pakistanais et des Western Union, en effet, il y avait déjà des gens d'aspect peu recommandable, la plupart étaient des Italiens et des Maghrébins, une canette de bière à la main et le regard hostile. Des hommes mais aussi quelques femmes, et quand il n'y eut plus de magasins et qu'une jeune Africaine mince, vêtue d'une robe fuchsia, postée à l'angle d'une petite villa, lui sourit, Yaya se dit que cette fois aussi, ils s'en sortiraient. Tous, sauf Ousmane, remarquèrent la fille. Baboucar lui avait promis de lui prêter son chargeur dès qu'ils seraient dans le bar, et maintenant, il avait l'impression de sentir le poids du téléphone inutile au fond de son sac, il se le représentait parfaitement, entre la serviette pleine de sable et le maillot de bain sec.

— C'est du pétrole ? demanda Baboucar lorsqu'ils furent à trois ou quatre cents mètres de la fabrique, mais personne ne lui répondit.

Cinq minutes plus tard, ils étaient au pied des cheminées. Le soleil avait enfin commencé à décliner derrière eux, et les six garçons regardaient la ligne horizontale de la mer. Ils s'étaient assis les uns à côté des autres, les jambes repliées devant eux et les bras allongés de chaque côté, les paumes dans le sable épais et foncé, la peau, noire et luisante, serrée dans leurs vêtements colorés. Les sacs à dos et le sac en plastique de Baboucar étaient entassés quelques mètres plus loin, près d'une barque et, autour d'eux, les gens avaient commencé à ramasser leurs affaires et à rentrer à la maison pour dîner. Un vieux pêcheur à la peau tannée était assis sur une chaise de camping en toile, devant une des maisons microscopiques. De temps à autre, un enfant de trois ou quatre ans s'élançait vers lui, faisait un bruit moqueur et s'en retournait sous le drap tendu entre deux autres maisonnettes pour faire de l'ombre. L'homme avait les cheveux blancs et portait un slip de bain vert très petit ; ses bras et ses jambes étaient secs et musclés, son gros ventre tendu et glabre. À ses pieds reposaient deux longues cannes à pêche, immobiles comme de drôles de chiens de chasse fatigués après une battue. Baboucar photographiait la mer et les autres, et prenait des selfies sur fond de fabrique et de cheminées. En même temps, il parlait du film, essayait de commenter la présence de la grande raffinerie, disait qu'aller à la mer avait vraiment été une bonne idée. Les autres ne le suivaient pas, sauf Robert qui, à un certain moment, en vint même à demander d'où pouvait bien provenir tout ce pétrole, mais ni Baboucar ni Yaya ni aucun autre ne put ou ne voulut répondre. Ousmane était nerveux. Il sentait le sable dans ses chaussettes, et il était tourmenté à l'idée que son portable était déchargé.

— Pour ce soir, à mon avis, ici ça pourrait être bien, dit enfin Baboucar en regardant Yaya d'un air décidé, et celui-ci gonfla les joues et se frotta le nez avec le dos de la main.

— Bof, se contenta-t-il de répondre.

— Pourquoi bof ?

— Parce que bof. Peut-être qu'un endroit plus près de la gare serait mieux.

— Quel endroit ?

— Eh, fit Yaya. Je ne sais pas. Je ne le connais pas, cet endroit.

Ousmane se pencha en avant et les regarda tous les deux. Ils n'étaient pas très loin du lieu où les carabiniers les avaient arrêtés, quelques heures auparavant.

— Peut-être qu'ici, on a danger, dit-il.

Yaya acquiesça, en remettant la chaussure qu'il avait enlevée pour se débarrasser d'un petit caillou pointu qui s'était retrouvé sous son talon.

— Mais on est nombreux ! dit Baboucar. Ils nous laissent tranquilles. Et puis regarde. La gare est loin. Pareil pour les Pakistanais et les kébabs. Loin. Ici, ils ne viennent pas.

Lui, comme les autres, imaginait les petits groupes de drogués ou de Nord-Africains en débardeur qui inspectaient la plage, une bouteille dans une main et un couteau dans l'autre, prêts à dévaliser le premier venu ou à défendre leur territoire avec les bonnes ou les mauvaises manières. Mais il était sincèrement convaincu de ne courir aucun danger. C'était vrai, ils étaient nombreux, et chacun d'entre eux en avait vu de toutes les couleurs. Et il était tout aussi vrai qu'ils se trouvaient à l'endroit le plus inconfortable de la plage. Au-delà de la voie ferrée, la rue principale bifurquait vers l'intérieur des terres et disparaissait entre la campagne et la banlieue. Il tenta d'expliquer ce raisonnement, et en remit une bonne couche en leur rappelant que la nuit serait courte.

— On vient à minuit. Ou plutôt, après. À une heure. Et à six heures on doit se réveiller. Ça fait moins de six heures. On peut même ne pas dormir. Je veux dire qu'on dort chacun son tour. Je peux le faire, moi. Presque tout moi. Jusqu'à quatre heures. Puis deux heures toi, Yaya. Ou toi, Ousmane.

Robert approuva vigoureusement et, dans un italien laborieux, se proposa pour un tour de garde. Baboucar le remercia, content d'avoir trouvé un allié, même s'il était le moins influent du groupe.

— Il va aussi passer des trains, dit Yaya. On ne va pas fermer l'œil.

Baboucar se mit à rire, d'un rire forcé. Les trains n'étaient pas une raison valable pour se compliquer la vie et chercher de meilleurs endroits. Le meilleur endroit, c'était celui-ci. Il l'avait imaginé avant même de partir, et il n'était rien arrivé qui puisse le faire douter de cette décision. Les recommandations des deux carabiniers n'étaient pas un argument suffisant. Pourquoi auraient-ils dû se fier à eux ?

— Eh, fit Ousmane, je ne sais pas. Je ne sais pas, Baboucar. Il faut voir.

Baboucar respira profondément, mais il décida qu'on ne lui gâcherait pas sa journée pour un petit inconvénient de ce genre. Il restait encore plusieurs heures avant d'aller dormir, et après le match les autres changeraient sûrement d'avis. Dormir là était la solution la plus simple. Avec la fatigue et l'obscurité, les hommes ont envie de dormir. Et le plus près possible.

Quelques mètres plus loin, le pêcheur avait écouté leurs propos, et il semblait plutôt frappé par ceux-ci. Depuis quelques minutes il s'était même levé et approché, fixant la mer, un pied posé sur la barque, mais toute son attention était tournée vers eux. Les deux Ivoiriens s'en étaient rendu compte, mais cela ne les intéressait pas outre mesure. Seul Ousmane avait à peu près compris ce que disaient les autres, et il les regardait, intrigué et perplexe. L'homme remarqua son regard, et décida alors de parler.

— Écoutez, dit-il, s'adressant à tous et à personne, moi je vais vous le dire, où vous pouvez dormir cette nuit.

Il rangea ses cannes à pêche et conduisit les garçons au-delà du passage souterrain, dans lequel Ousmane put encore admirer les deux affiches de Lory abîmées par le temps. Elle était toujours là, va savoir depuis combien de temps, saisie juste avant d'aller chanter ou de se coiffer ou d'enlever sa robe, et de laisser ses gros seins pâles libres de faire de l'œil à qui ils voulaient. Désormais, elle était là dans l'indifférence générale, car un concert vieux de plusieurs années n'intéressait plus personne, et personne ne savait rien des choses que Lory aurait pu lui dire, à lui, peut-être en chantant ou en lui demandant une dernière danse. Ousmane ne ralentit pas, ne manifesta aucun intérêt, il vit ce qui lui suffisait et continua à marcher derrière les autres, et lorsqu'ils débouchèrent sur la route de l'autre côté de la voie ferrée, le pêcheur avait quelques mètres d'avance sur le groupe qui s'égrenait, et lui tenait Baboucar bras dessus, bras dessous. Il était en tongs et avait enfilé une chemise à manches courtes complètement déboutonnée sur son ventre plein de muscles et de graisse. Ousmane n'entendait pas bien ce qu'ils se disaient, c'était surtout le pêcheur qui parlait, mais de temps à autre, Baboucar répondait ou posait des questions. Ils gesticulaient tous les deux, et, vus de dos, on aurait dit deux amis de longue date.

Il ne leur fallut pas longtemps pour arriver là où le pêcheur avait dit. Dans l'un des bâtiments sur le côté gauche de la route, à l'étroit entre deux petits portails en bois, s'ouvrait une porte en métal et en verre dépoli, à côté de laquelle était fixé un panneau en plastique, avec une inscription rendue illisible par le temps. Le pêcheur l'ouvrit, et ils furent aussitôt assaillis par une forte odeur de renfermé. Dans les rayons de soleil qui filtraient par la porte flottait une poussière épaisse. L'un des deux Ivoiriens toussa. Yaya fit mine de saisir le rayon, en souriant, et Ousmane, qui avait eu la même tentation, lui offrit son poing fermé en signe d'approbation. Le pêcheur était déjà en train d'ouvrir une autre porte et, au bout de quelques secondes, une lumière au néon se mit à trembloter au plafond.

— C'est ici, dit-il, en indiquant, d'un mouvement semi-circulaire du bras, la pièce où ils se trouvaient.

Elle était plutôt grande et quasiment vide. Seul un angle était occupé par un bureau recouvert de dossiers, à côté duquel trônait un fauteuil de bureau en cuir noir, à roulettes. L'homme se précipita immédiatement vers la fenêtre qui se trouvait derrière lui et l'ouvrit rapidement. À côté, sur le mur, il y avait un calendrier de 2014 et, sur celui d'en face, une grande reproduction du *Quart État* de Pellizza da Volpedo. Ce mur était aussi le seul entièrement recouvert de bois clair, de fines lames verticales séparées par des rainures deux fois moins larges. À côté du tableau était suspendue une cible à cercles concentriques jaunes et noirs, avec deux fléchettes fichées non loin de la circonférence. Tout autour, une multitude de points noirs, traces de tirs ratés, infestaient le bois, telle une colonie de vers. La deuxième porte était restée grande ouverte sur un petit couloir avec, à droite, l'entrée de la salle de bains, et à gauche, un mur blanc sur lequel se détachait un tableau électrique dont le portillon était soulevé.

— Faites pas attention à la poussière, c'est rien que le temps qui passe. Pour le reste, c'est propre. La dernière fois que je m'en suis occupé, c'était il y a un mois, comme pour la salle de bains, dit le pêcheur.

Les garçons restèrent silencieux. Baboucar s'était remis à côté de l'homme, et examinait la pièce en roulant ses grands yeux blancs, se demandant ce qu'il convenait de dire. Il y avait quelque chose, quelque chose qui n'allait pas. La perspective de passer la nuit dans cet endroit le mettait mal à l'aise, pour une raison ou pour une autre. Il remarqua, sous le bureau, une vieille horloge murale. Elle était blanche, émaillée, ronde, posée à même le sol comme une trappe ou un gros interrupteur prêt à provoquer une explosion. Elle était arrêtée sur sept heures cinq. Mais cet endroit était une chance inespérée malgré la poussière et l'odeur de renfermé, et cet homme était là, debout, attendant, de toute évidence, qu'on le remercie. Pourquoi Baboucar ne le faisait-il pas ? Il regarda Yaya qui se tenait tête basse, le menton presque sur la poitrine, ses grosses lèvres pendantes, son nez épaté et rusé, ses yeux réduits à deux fentes. Il regarda Ousmane qui avait les mains croisées, les lèvres légèrement entrouvertes et une expression lointaine. Il regarda le pêcheur, qui s'appelait Adelmo, et il se demanda ce qu'il y avait, dans cet endroit, qui n'arrivait pas à le convaincre, et si les autres, Robert et les deux Ivoiriens, ressentaient la même impression. Un passereau se posa sur le rebord de la fenêtre, jeta un coup d'œil à l'intérieur et s'enfuit aussitôt. Baboucar en observa les mouvements, le bec rigide, la tête minuscule en plein travail, les ailes frémissantes. Le pêcheur s'éloigna et entra dans la salle de bains, d'où il sortit en tenant deux gros cartons.

— Vous pouvez dormir là-dessus, dit-il. Vous les ouvrez, et ça vous fait un lit. Pour l'humidité.

Baboucar regarda Yaya, et cette fois il approuva.

— Merci, dit-il. Ça ira très bien. Merci, Adelmo.

— Je vous en prie, dit le pêcheur. Ce n'est pas un endroit magnifique, mais il a un toit et une porte.

— C'est vrai, dit Baboucar.

Il ne savait vraiment pas pourquoi il ne voulait pas dormir là. Ousmane leva une main en signe de remerciement, et Robert fit de même. Quant à Yaya, il fit un pas en avant et tendit la main à l'homme qui, en souriant, la lui serra vigoureusement. Les deux Ivoiriens restèrent de marbre.

— De toute façon, dit Adelmo, je vous laisse les clés ici, dans la serrure. Quand vous sortirez pour aller manger, fermez à clé. Cette nuit, vous vous enfermez à l'intérieur, mais les volets roulants doivent rester fermés, on est au rez-de-chaussée. Dans la salle de bains…, il hésita un instant, dans la salle de bains il y a l'eau courante, mais elle est froide. Pas de serviettes, mais il fait chaud, vous vous débrouillerez.

— Bien sûr, dit Baboucar en acquiesçant. Pas de problème.

Adelmo le fixa, interdit.

— C'est sûr ?

— Eh, fit Baboucar. Absolument sûr. C'est un très bon endroit pour nous.

Adelmo se passa les mains sur la chemise et se gratta un mollet avec le talon de l'autre pied.

Quelque part dans sa tête, Ousmane continuait à se demander qui était cet homme et quel genre d'endroit c'était, mais à présent, son attention était concentrée sur la prise au coin du mur, près du bureau. C'est mieux que le bar, se dit-il. Il regarda Baboucar avec encore plus d'impatience, et résista à la tentation de lui demander tout de suite le chargeur.

— Alors, dit Adelmo, on reste sur ce que je t'ai dit. Demain matin tu fermes tout, y compris la fenêtre, et tu laisses les clés au kiosque à journaux de la gare, à ma sœur.

— D'accord, dit Baboucar, et il sourit. D'accord, Adelmo.

— Merci, ajouta Yaya. Merci pour tout.

— Ah, fit Adelmo, avec un geste des mains qui voulait dire de laisser tomber. Ça ne me coûte rien. Le local est fermé depuis plus d'un an, mais tant qu'on ne coupe pas l'eau et l'électricité, je l'utilise quand ça m'arrange.

Avant de s'en aller, le pêcheur voulut serrer la main de tout le monde. Il sortit sans fermer la porte, et les garçons se retrouvèrent seuls dans la salle, avec la poussière, la puanteur, les dossiers et le néon qui grésillait.

— Bien, dit Yaya. Voilà notre hôtel.

Robert sourit, et Ousmane demanda aussitôt à Baboucar le chargeur de batterie. Yaya commença à casser les cartons tout en veillant à ne pas déchirer les bords, qui devaient demeurer entiers pour composer leurs matelas. L'un des deux Ivoiriens répondit au téléphone et sortit, l'autre le suivit à l'extérieur. Ousmane s'agenouilla à côté de la prise et mit son portable en charge, pendant qu'une sorte de frisson lui parcourait les jambes. Après le premier carton, Yaya se leva, le front déjà en sueur, et il prit Baboucar à part. Il lui demanda si tout allait bien, et Baboucar répondit oui.

— Ce n'est pas vrai, dit Yaya en italien, sans sourire.

— Eh, fit Baboucar en secouant la tête, cet endroit va bien. Mais il y a quelque chose.

Yaya regarda autour de lui et se passa le dos de la main sur le front.

— Il ressemble un peu trop à plein d'endroits où on a déjà été, dit-il. Les étoiles sont plus belles, mais cette nuit, c'est mieux si on dort ici.

Baboucar soupira. Il regarda le tableau de Pellizza da Volpedo, cette masse de femmes et d'hommes aux couleurs de l'automne qui venaient à sa rencontre, l'enfant dans les bras de la femme au premier rang. Il regarda la cible, les trous dans le bois, et le bureau, les dossiers au-dessus du bureau. Et sur le sol, l'horloge. Les aiguilles étaient arrêtées, encore et probablement pour toujours. Tout le reste n'était que vide, poussière et puanteur.

— Tu as peut-être raison, dit-il.

Et il pensa – peut-être pour la millionième fois depuis que toute cette histoire avait commencé – que parfois, il vaut mieux ne pas se poser trop de questions et faire seulement les choses les plus simples.

Ils arrivèrent au bar à neuf heures moins dix, il restait encore quelques tables libres. Yaya s'assit immédiatement et, sans même se tourner vers les autres, il choisit la table la plus proche de la télévision et la chaise bien en face de l'écran. Robert et

Ousmane le suivirent et s'installèrent à ses côtés, Baboucar attendit quelques instants dans la rue pour téléphoner à un de ses colocataires. Quant aux Ivoiriens, ils avaient perdu leur trace. Les tables étaient rondes, en métal argenté, parcourues de petites frises qui découpaient les reflets déformés des lumières. On aurait dit des plumes de paon ; Robert y passa un doigt et sourit en pensant à la gare de Jesi. Yaya lui donna une tape sur l'épaule et lui dit, encore une fois, que le Portugal l'emporterait. Robert dit seulement "maybe", Ousmane, lui, dit "maybe not".

— Ousmane, ne me dis pas que tu es pour la France, dit Yaya.

Ousmane arbora une expression sérieuse, digne d'un expert.

— La France est bonne. Elle est plus bonne, dit-il.

— Ce n'est pas vrai, dit Yaya avec un large sourire qui écrasa encore plus ses yeux et son nez.

— Oui, oui, oui. Pogba très bien, fit Ousmane en se mettant à compter avec les doigts d'une main. Griezmann très bien. Evra très bien.

— Sissoko, ajouta Robert.

— Oui, oui. Sissoko très très bien.

— Hum, fit Yaya en secouant la tête. Ça n'a pas d'importance, le Portugal a Cristiano. Et puis il joue mieux.

Ousmane tambourina des doigts sur la table, interdit.

— Qu'est-ce qui est mieux ?

— Il joue bien. Mieux que la France.

— Oh, fit Ousmane. Non, Yaya. Ça, c'est pas vrai. Not better. Good. But not better.

Robert écoutait attentivement, il n'intervenait pas, mais il pensait la même chose qu'Ousmane. Préférer le Portugal était une chose, soutenir que le Portugal était plus fort que la France en était une autre. Sur ce point, Yaya se trompait. Au fond, pour lui, la question n'était pas là.

— Tu verras, Ousmane. Le Portugal va gagner. Aux tirs au but.

Ousmane secoua la tête.

— Non, non. La France.

Quand Baboucar arriva, il prit une chaise à une table voisine et se plaça entre Yaya et Ousmane, un peu derrière eux, penché en avant et les coudes sur leurs épaules. Le grand air lui avait fait du bien, le ciel qui s'assombrissait tout doucement avait sur lui un effet rassurant, tel un baume capable de lui nettoyer l'esprit du sentiment d'inquiétude qui s'était emparé de lui dans le vieux local des pêcheurs.

— Un local ARCI, mecs. Vous vous rendez compte ? Cette nuit aussi, on dort à l'ARCI.

En disant ces mots, il tâta les clés accrochées à la boucle de ceinture de son jean et leva les yeux, s'apprêtant à parler au serveur qui se dirigeait vers eux.

— Pour vous asseoir ici, il faut consommer.

— Bien sûr, dit Yaya. Nous, on veut boire et peut-être manger.

Le serveur, un homme d'une cinquantaine d'années avec quelques cheveux encore noirs, laissés longs sur la calotte crânienne, épaules étroites et tombantes, réfléchit un instant avant de dire qu'ils devaient payer tout de suite, au moment de la commande.

— D'accord, fit Baboucar. Pas de problème.

Yaya demanda une bière, Baboucar et Robert un Coca-Cola, Ousmane un *chinotto*. Il raffolait du *chinotto*.

— Qu'est-ce qu'il y a à manger ? demanda Baboucar, et le serveur lui fit signe de le suivre à l'intérieur du bar.

Le comptoir était à moitié vide, il n'y avait que quelques mini-pizzas à la tomate et un sandwich aux artichauts, à l'aspect peu engageant. Ousmane et Robert, eux aussi, avaient suivi Baboucar. Ils discutèrent un peu et prirent chacun une mini-pizza.

— Et Yaya ? demanda Baboucar.

— Je ne sais pas, dit Ousmane, qui se tourna vers son ami pour tenter d'intercepter son regard.

Mais Yaya était concentré sur l'écran du téléviseur et sur le match qui allait commencer. Il jeûnerait, se dit Ousmane, et il pensa au ramadan, qui venait de se terminer, et au fait qu'ils avaient sauté la prière de l'après-midi. Avant de dormir, se dit-il. Baboucar demanda au serveur des additions séparées, celui-ci soupira mais les fit payer avant qu'ils retournent s'asseoir, puis il apporta à boire à Yaya et le fit payer lui aussi. Le téléviseur, un écran plat 40 pouces, était planté sur l'un des côtés courts de la structure et devant, au moment du coup d'envoi, il y avait une vingtaine de personnes. Tous étaient des Italiens, sauf deux, qui étaient peut-être des Slaves, et trois ou quatre Maghrébins se tenaient debout au fond, derrière le seuil imaginaire de la tente, ils allaient et venaient en répondant au téléphone et en tripotant les chaînes en or qu'ils avaient autour du cou.

Le match commença, et au bout de cinq minutes, il fut clair que presque personne n'était pour la France. Lorsque Cristiano Ronaldo fut durement taclé par Payet, un métis trapu aux origines indéfinissables, ce fut un véritable tollé.

— Assassin ! hurla Yaya, s'attirant l'admiration perplexe de quelques clients, et poussant du coude Ousmane qui restait imperturbable et qui ne disait rien.

Le match était plutôt ennuyeux, mais à partir de ce moment, Yaya se livra à un véritable show. À chaque incursion des Français, à chaque action vaguement controversée, il jurait comme un charretier, en italien, pour que tout le monde l'entende et le comprenne. Il dit "France vaffanculo" au moins dix fois, et au début de la première mi-temps, lorsque Cristiano Ronaldo quitta le terrain en larmes, il se leva et fit mine de partir.

— C'est pas possible. C'est pas juste, disait-il, puis il s'adressa aux hommes assis près de lui et leur demanda si ce n'était pas un scandale : Non ? Ce n'est pas la vérité ?

Ceux-ci lui donnaient raison, mais vers la fin de la première mi-temps, plusieurs spectateurs avaient commencé à marmonner entre eux et à partager leurs doutes sur le comportement du jeune Africain. Il était pour le Portugal, comme eux, mais il exagérait un peu. Pendant la pause, ils se levèrent comme un seul homme, les uns pour aller pisser, les autres pour téléphoner, certains pour fumer une cigarette ou commander une autre bière au comptoir. Plusieurs d'entre eux parlaient de Yaya. Robert et Ousmane étaient restés assis à leur table, Baboucar avait envoyé un message à Mariam sous prétexte de lui rappeler les répétitions de mardi, mais une demi-heure après, elle n'avait pas encore répondu, et le cœur rouge de l'après-midi lui apparaissait déjà comme un reflet trompeur, tel celui d'une étoile morte depuis un million d'années. Yaya était nerveux, et il s'éloigna pour appeler un colocataire et discuter du match, de Ronaldo, de l'arbitre, de tout. Ousmane était content. À présent, son portable était presque à moitié rechargé et il avait pu consulter de nouveau la page Facebook des Lory's Stars. En ce moment, ils devaient se produire à Sefro. Il n'y avait pas d'autres notifications, à part celle du matin. Ousmane eut très envie de publier sur son mur une image des affiches du passage souterrain, mais il se souvint qu'il n'avait pas réussi à les photographier.

La seconde mi-temps commença. Yaya posa les coudes sur la table et se tendit vers l'écran, comme tout à l'heure ; des araignées de mousse décoraient son verre désormais vide, pendant que Baboucar s'attardait au téléphone, parlant à on ne sait qui, au beau milieu de la rue. La pause semblait avoir eu un curieux effet sur Yaya qui, maintenant, avait une attitude plus modeste et beaucoup moins théâtrale. Mais le match était devenu plus animé, si bien que Robert et Ousmane décollèrent rapidement le dos de leur chaise pour adopter une position très semblable à celle de Yaya. Quand Baboucar regagna son siège avec une expression contrariée, il les trouva alignés ainsi, tels des chiens de chasse à l'arrêt.

— Ce crétin d'Ibrahim nous demande de l'excuser.

Personne ne fit attention à lui et, en regardant alentour, il se rendit compte que désormais, ils étaient totalement pris par le match. Par ailleurs, c'était la finale. Les Maghrébins n'étaient plus là depuis un moment, le serveur avait cessé de passer entre les tables et se tenait devant la porte, regardant la télévision lui aussi. Jusqu'à la moitié de la seconde mi-temps, personne ne demanda à boire, mais une fois que les provisions faites durant la pause furent épuisées, les gens se remirent à l'appeler. Le bourdonnement de fond augmenta en même temps que le niveau d'alcool, car la quatre-vingt-dixième minute approchait et un but pouvait survenir à tout moment. Il y eut deux occasions plutôt remarquables pour la France, d'abord de Griezmann puis de Giroud, deux Blancs parmi les Noirs, mais le ballon sortit pour se retrouver dans les bras du gardien de but portugais. Les entraîneurs procédaient à des changements, et quand Fernando Santos remplaça Renato Sanches par le gigantesque Eder, quelqu'un, derrière eux, demanda, sur un ton de provocation, qui était ce grand nègre. Aucun des garçons ne se retourna. À cinq minutes de la fin, Sissoko tira un boulet de canon que le gardien portugais arrêta facilement, mais de manière théâtrale, et la même voix s'en prit à cet autre nègre qu'on n'arrivait pas à calmer. Cette fois, Baboucar se tourna et vit que plusieurs personnes le regardaient. La quatre-vingt-dixième minute arriva et pendant le temps additionnel, le cœur de Yaya et les nerfs de presque tous les spectateurs faillirent exploser. Evra passa le ballon à Gignac, une armoire à glace aux larges pommettes et aux petits yeux, qui le cacha à cet autre malabar de Pepe et qui atteignit le premier poteau, à quelques mètres de distance. Le ballon roula lentement, et lorsqu'il rebondit contre le poteau, les gens exultèrent comme si c'était un but.

— Français de merde ! Français de merde ! Français de merde ! hurla Yaya avec un accent français marqué, limpide, et en se levant, il heurta involontairement le bord de la table avec ses cuisses musclées.

— Mon ami, dit le serveur en s'approchant. Pas de ça, hein. On se calme un peu.

Yaya se rassit en acquiesçant et regarda son verre vide sur la table : même les restes de mousse avaient disparu. Les yeux de Robert et d'Ousmane étaient écarquillés. Ousmane avait passé toute la seconde mi-temps à se triturer les cheveux, ses petites tresses courtes étaient plus droites et plus pointues qu'auparavant et pendant un instant, il se dit qu'il avait peur de Yaya et de la façon dont celui-ci réagirait. Mais Yaya demanda pardon, et quand l'arbitre siffla la fin du temps réglementaire, il alla de nouveau chercher à boire. Il se présenta à la caisse avec un billet de cinq euros et s'excusa auprès du serveur qui, en silence, lui donna le reste en même temps que la bière Peroni de 33 cl. Elle était tiède, mais Yaya ne protesta pas.

À la table, personne ne pipa mot. Pour beaucoup, les prolongations étaient une surprise, et elles l'étaient sûrement pour Ousmane et pour Robert, qui avaient pris parti pour la France, mais sans enthousiasme excessif. En Afrique aussi, le Portugal avait fait des dégâts, se disait Ousmane, il suffisait de voir combien d'Africains jouaient en équipe nationale. À un certain moment, il se mit à les compter. Pepe, qui était brésilien, et donc tant mieux, puis Renato Sanches, William Carvalho, João Mário, Nani. Et Cristiano ? Lui aussi devait avoir un peu de sang noir, pensa Ousmane. En tout cas, la moitié de l'équipe. Par rapport aux Français, ça ne changeait pas grand-chose : eux avaient Evra, Umtiti, Sissoko, Pogba, Matuidi, Sagna. Et aussi Payet, qui n'était peut-être pas africain mais qui devait sûrement venir d'une colonie quelconque. Bref, Ousmane n'avait pas beaucoup de raisons d'être pour le Portugal, et non pour la France. Vu la façon dont se déroulaient les choses, vu ce qu'avaient été la France et le Portugal, mieux valait ne penser qu'au ballon. Et les Français étaient meilleurs. Leurs fils d'Afrique étaient les meilleurs sur le circuit.

Cette fois, Yaya se cramponna à sa bouteille, et lorsqu'il vit Cristiano Ronaldo revenir sur le terrain pour encourager ses équipiers, il eut un élan d'enthousiasme.

— Cristiano est un grand, dit-il en se tournant vers Robert et Ousmane. On va gagner. Ousmane, on va gagner.

— Je ne savais pas que tu étais né au Portugal, dit Baboucar en riant, pour détendre un peu l'atmosphère, et Yaya le regarda comme on regarde l'idiot du village.

Les prolongations commencèrent, sous la tente tout le monde parlait continuellement. Désormais, il y avait autant de gens debout qu'assis, concentrés, sur tout le périmètre. Des hommes, des femmes, de jeunes couples avec leurs enfants endormis dans des poussettes. Pepe faillit marquer de la tête et plusieurs spectateurs se levèrent, exactement comme Ronaldo sur son banc, mais l'arbitre avait signalé le hors-jeu. Eder aussi eut une occasion de la tête, mais la France faisait le pressing et Yaya remuait la jambe droite de haut en bas, comme s'il dansait, tel un piston impossible à arrêter. Pendant la pause, Ronaldo alla de nouveau motiver ses camarades, les implorant presque de faire ce que lui n'avait pas réussi à réaliser. Yaya approuvait, disait "C'est bien, Cristiano", et il finit de boire sa bière juste au moment où le Portugal donnait le coup d'envoi de la seconde période. Ce fut lui que les deux carabiniers, qui se frayèrent un passage dans la petite foule, virent en premier. Parce qu'il était le plus costaud des jeunes Africains, et parce qu'il apparaissait clairement, vu sa position et son attitude, comme l'acteur principal de cette scène. Ils le virent en train de poser sa bière sur la table. Plusieurs personnes se rendirent compte de la présence des carabiniers, et certains s'arrêtèrent de parler, mais la plupart des spectateurs continuèrent à regarder le match sans broncher. Robert aussi les vit et s'installa un peu mieux sur sa chaise, se cachant presque derrière les larges dos de Baboucar et d'Ousmane. Les deux carabiniers discutèrent entre eux à voix basse pendant un moment. Ils semblaient hésiter sur la décision à prendre. Ils s'attendaient à ce que quelqu'un vienne à leur rencontre pour clarifier la situation, ou du moins, leur fournir une explication. La raison de l'appel au 112 avait été plutôt vague et s'ils avaient eu autre chose à faire, n'importe quoi, ils n'auraient sûrement pas été là. Mais personne ne se manifestait. Un mouvement général les tira de leur indécision, lorsque l'arbitre accorda un coup franc en faveur du Portugal non loin de la surface de réparation. La faute de main de Koscielny, le grand et pâle défenseur français d'origine polonaise, était discutable, mais l'affaire passa au second plan. Car même si Cristiano Ronaldo était sur le banc de touche, il devait bien y avoir un Portugais capable de mettre un but à moins de vingt mètres.

— Le romanichel va marquer, dit quelqu'un à voix haute. Il voulait parler de Quaresma, qui était d'origine gitane.

En effet, la caméra s'attarda quelques instants sur un premier plan qui mettait en évidence, soulignée par des tatouages sur la pommette et près de l'oreille, son expression grave et concentrée. L'arbitre siffla, l'image montra l'ensemble du terrain, et du néant surgit, à toute allure, un joueur portugais qui dépassa Quaresma et tira du gauche, tomba et envoya le ballon contre la barre transversale. C'était le numéro 5, sur son maillot était écrit "Raphael" mais les commentateurs l'appelaient Guerreiro. Tout le bar se leva à l'unisson en pestant, si bien que les imprécations de Yaya se perdirent au milieu des autres.

— Mais qu'est-ce qu'on est venus faire ici ? dit le plus jeune des deux carabiniers à son confrère, qui ajusta ses lunettes sur son nez et souffla imperceptiblement.

Mais le match s'était emballé. Ils venaient tout juste de montrer en replay le coup de la barre transversale, lorsqu'un long ballon à la verticale arriva entre les pieds d'Eder, le colosse noir qui, peu de temps auparavant, avait suscité l'hilarité des clients du bar. Eder le contrôla de l'extérieur du pied droit pendant que, du bras gauche, il essayait de tenir à distance Koscielny, qui était intervenu trop tardivement et qui essayait de se cramponner désespérément aux flancs de son adversaire. Mais Eder toucha de nouveau le ballon de son extérieur droit, tout en douceur, s'assurant l'espace pour se libérer du pressing du Français et se déplaçant latéralement le long de la marque laissée par la tondeuse, de la gauche vers le centre, à une dizaine de mètres de la surface de réparation et à vingt-cinq mètres du but. Il eut le temps de toucher le ballon encore trois ou quatre fois pendant que l'autre défenseur français, l'Africain Umtiti, reculait à petits pas en observant, inquiet, cette danse dénuée de grâce. Eder était presque exactement au milieu du terrain et depuis qu'il avait reçu le ballon, trois secondes auparavant, il ne s'était jamais hasardé à lever la tête. De toute évidence, il ne se fiait pas trop à ses pieds, ou plutôt à son pied droit, car c'est surtout avec les yeux qu'il effectua ce contrôle laborieux. Mais lorsqu'il se trouva à l'endroit qui lui parut propice, il envoya un boulet de canon en direction de la cage des buts adverse, avec toute la force qu'il avait dans le corps. Le ballon passa sous le pied levé d'Umtiti qui, au moment du tir, s'était tourné puis, vola dans la surface de réparation, rebondissant deux fois sur le sol avant de dépasser la ligne des buts, maladroitement surveillée par le gardien français, un Niçois d'origine catalane dont le nom était Lloris. But. Yaya écarquilla les yeux, bondit sur ses pieds et écarta les bras. Son tee-shirt était trempé de sueur et il n'éprouva le besoin d'embrasser personne. Les deux ou trois spectateurs qui avaient parié sur la France lancèrent des imprécations, les autres se mirent à danser et à s'étreindre, d'autres continuèrent à regarder les carabiniers, comme ils n'avaient jamais cessé de le faire depuis que ceux-ci étaient apparus. Baboucar asséna une tape dans le dos trempé de Yaya, Robert applaudit en souriant et Ousmane aussi applaudit, mais sans sourire. Le plus jeune des deux carabiniers ne put retenir un léger mouvement d'exultation, l'autre lui posa une main sur le bras sans rien dire.

— Bon. Qu'est-ce que tu as contre la France ?

Yaya regardait le carabinier de haut en bas, ses larges épaules immobiles, son tee-shirt encore trempé de sueur. Il dégageait une odeur que les deux militaires trouvaient forte et âcre.

— Oh, fit-il. Contre la France.

À côté de lui, Baboucar était assis, les mains dans les poches, attendant le moment adéquat pour intervenir. Ils étaient venus les interpeller tout de suite après la fin du match, pendant que les gens exultaient ou s'esquivaient du bar, et ils leur avaient demandé de les suivre dans un endroit plus isolé, sans en expliquer les raisons. Ils s'étaient surtout adressés à Yaya et sur le moment, ils n'avaient pas reconnu en Ousmane le garçon rencontré sur la plage quelques heures auparavant, près de la raffinerie.

— Allez mon ami. Courage. La France, oui. Qu'est-ce que tu penses de la France ?

— Je ne suis jamais allé en France, dit Yaya. Et ça, effectivement, c'était une réponse.

— D'accord, répondit le carabinier. – Il était un peu gras et portait des lunettes de vue. – Et moi, je ne suis jamais allé en Allemagne. Mais je peux quand même dire quelque chose sur l'Allemagne. Je peux dire que les Allemands sont blonds, sont sérieux, sont sévères, sont fiables. Je peux dire qu'ils me sont sympathiques ou qu'ils me sont antipathiques.

— Eh, fit Yaya. Bien sûr. Moi non plus, je ne suis jamais allé en Allemagne.

Le carabinier s'éclaircit la voix et enleva sa casquette.

— Là n'est pas la question. Comment tu t'appelles ?

— Yaya.

— Là n'est pas la question, Yaya. On parlait de la France. Toi, tu n'y es jamais allé, d'accord. Mais moi je ne veux pas savoir si la tour Eiffel ou les baguettes te plaisent. Je veux savoir ce que tu penses des Français. Si tu as une raison quelconque d'être en colère contre les Français.

Yaya le fixait sans hostilité, mais avec une mine déconcertée. Il n'avait pas eu le temps de savourer la joie du résultat du match, et ces deux-là l'avaient fait sortir du bar comme s'il était un malfaiteur. Et cette situation, ajoutée aux bières qu'il avait dans le corps, l'emmerdait prodigieusement. Mais il devait rester calme. Baboucar le lui avait dit, à partir du moment où il avait été clair que les carabiniers en avaient après lui, mais ça, il l'avait compris tout seul.

— Monsieur, je ne comprends pas pourquoi vous me posez cette question.

— Eh bien, les carabiniers posent des questions pour avoir des réponses. Ne tombons pas dans la philosophie. La raison, on la connaît. Toi, tu réponds, parce que la question est simple.

L'autre carabinier, plus petit, un jeunot aux bras musclés, regardait Yaya en serrant les lèvres. Yaya essuya la sueur sur son front avec son poignet et, pour la première fois, il regarda les autres. Baboucar semblait presque lui donner la becquée avec les yeux, il semblait lui dire de parler, de répondre, de dire une connerie quelconque. De dire qu'évidemment non, il n'avait rien de rien contre la France, sauf quand il s'agissait de matches de foot, rien de rien de rien. Robert avait les yeux rivés au sol, Ousmane fixait les carabiniers avec un air sérieux que Yaya lui avait vu à de rares occasions.

— D'accord, dit Yaya. Moi, j'étais pour le Portugal. L'équipe de France ne me plaît pas. Ronaldo me plaît.

— Hum, fit le carabinier plus âgé. Jusqu'ici ça va. Sur ce point je peux même être d'accord. Mais ensuite ? Il n'y a rien d'autre ? Au niveau du pays, justement. Je veux dire, des gens.

À présent, Yaya le regardait en silence, sans qu'aucun muscle de son visage ne bouge.

— Mon ami ! Ces Français ! Tu ne peux pas les sentir, ou quoi ?

Puis il prit dans sa main le permis de séjour de Yaya.

— D'où tu viens, voyons voir... Mali. On parle quelle langue au Mali ?

— Plusieurs langues.

— Oui, mais quelle langue européenne ? Anglais ? Français ?

— Français, dit Yaya.

— Ah, voilà. En effet, tu as un accent français. Il me semblait bien. Et donc, je trouve cette histoire un peu bizarre. Si tu parles français, comment se fait-il que tu sois contre les Français ?

— Il aime bien Cristiano Ronaldo, intervint Baboucar. Il n'y a pas d'autre raison. Moi aussi il me plaît. Moi aussi j'étais pour le Portugal, hein. Mais Robert et Ousmane, non. Eux, ils étaient pour la France.

Robert et Ousmane acquiescèrent et à ce moment-là, les deux carabiniers, presque en même temps, reconnurent Ousmane.

— Ah, fit le plus âgé. Nous deux, on se connaît.

— Oui, oui, dit Ousmane.

— Alors comme ça, tu es toujours ici.

Ousmane fit signe que oui, en se passant la langue sur les lèvres.

— Tiens donc. Notre ami d'aujourd'hui, dit le carabinier à lunettes à son collègue plus jeune. Le policier. Tu as trouvé un endroit pour dormir ?

Ousmane regarda Baboucar, puis il regarda Yaya, puis de nouveau Baboucar.

— Oui, oui. Trouvé. Un bon endroit.

— Ce n'est pas la plage ?

— Non, non, dit Ousmane. Pas la plage. Une maison. Les amis.

— Ah, une maison, fit le carabinier. Il regarda son collègue, se gratta un sourcil, lorgna le permis de séjour de Yaya, qu'il tenait dans sa main.

— En attendant, les gars, vous pouvez donner vos papiers au brigadier Fruganti, ici présent. Les permis de séjour, et pour ceux qui les ont, cartes d'identité ou passeports, dit-il en s'adressant à Ousmane.

— Nous trois ? demanda Baboucar.

Le carabinier acquiesça et fit mine de s'adresser à Yaya.

— En fait, ce n'est pas vraiment une maison, l'interrompit Baboucar.

— Ah bon ?

— Non. C'est un local de l'ARCI. Il est vide. On nous laisse dormir là.

— Ah, fit le carabinier. Un local de l'ARCI. Et comment vous êtes-vous retrouvés là ?

Baboucar sourit.

— C'est une longue histoire, dit-il.

— Mais moi, je ne suis pas pressé.

— Alors ça va, dit Baboucar. Je peux vous la raconter.

Et il la lui raconta pour de bon : eux qui se demandaient où ils passeraient la nuit, ceux qui voulaient rester sur la plage et ceux qui n'en étaient absolument pas convaincus, et puis le vieux pêcheur qui avait écouté leurs propos et qui leur avait offert un meilleur endroit pour dormir.

— Et il vous a conduits au local des pêcheurs.

— Au local de l'ARCI, précisa Baboucar.

— Celui-là, dit le carabinier. – Il réfléchit quelques instants. – Alors ça va !

Puis il se remit à regarder le permis de séjour de Yaya, comme pour chercher l'inspiration et se rappeler où ils en étaient restés avec l'histoire des Français. Celle du local de l'ARCI n'avait pas l'air de l'intéresser.

— Pourtant, Yaya, dit-il, on nous a téléphoné pour nous dire que pendant le match, tu y es allé un peu fort avec les Français. Des gros mots par-ci, des gros mots par-là. – Il s'interrompit un instant. – Tu me comprends ? Tu comprends tout ce que je te dis ?

— Oui, monsieur, dit Yaya. Je comprends tout.

— Très bien. Il s'avère pour nous que tes insultes à l'égard de la France étaient excessives. Remplies de haine. On nous l'a dit. C'est bien ça ?

Yaya ne répondait pas. Il gardait les yeux baissés et se concentrait sur les chaussures noires réglementaires du carabinier. C'étaient des bottines, se disait-il, en cuir, trop chaudes pour une soirée de juillet. Il se dit qu'en ce moment, les pieds de l'homme devaient puer énormément.

— Alors, Yaya, c'est bien ça, oui ou non ?

— Mon Dieu, non, dit Yaya. Mais la France ne me plaît pas.

— Oh ! fit le carabinier, en rejetant légèrement la tête en arrière et en levant les paumes vers le ciel. Enfin. Nous y voilà. La France ne te plaît pas. Ça fait un quart d'heure que je te le demande. En plus, il n'y a aucun mal à ça. Moi, par exemple, je n'aime pas l'Angleterre. Sans la moindre raison. Mais je n'ai pas honte de le dire.

Yaya approuva, pendant que le brigadier Fruganti était dans la voiture pour contrôler les papiers.

Ousmane avait un visage grave. La situation le rendait nerveux. Il était en colère contre Yaya, parce que celui-ci avait été stupide. Il n'aurait pas dû faire ce cirque au milieu des gens et brailler sans arrêt contre la France et les Français, et se donner ces airs de cinglé. Les Italiens n'attendaient que ça pour pouvoir s'en prendre à eux, et ils n'avaient vraiment pas besoin de ça. Et c'était lui qui courait le plus de risques. Après l'avis négatif de la commission, il ne pouvait pas se permettre le moindre faux pas.

— Mais, reprit le carabinier, on m'a dit aussi que pendant la pause, tu t'es mis à parler avec quelqu'un des attentats en France et en Belgique. Bref, du terrorisme, de Daesh. C'est vrai, Yaya ?

Yaya ferma les yeux un instant, secoua la tête, fit claquer sa langue, et soupira.

— On vous a téléphoné pour ça ? dit-il.

— Mon ami, je t'ai posé une question. Ne perdons pas trop de temps, l'affaire est simple. Cette histoire des attentats, c'est vrai, oui ou non ?

— Peut-être que oui, dit Yaya. Je ne me souviens pas. Je pensais au match. À la faute sur Cristiano. J'étais en colère.

— Il était excité, dit Baboucar. Vraiment très excité. À cause du match.

Le carabinier plus âgé le regarda de travers.

— Tu es qui ? Son avocat ? Allons, les gars, je trouve que ce n'est pas le moment. S'il vous plaît, pas d'ami avocat.

Ce disant, il se tourna vers le point dans l'obscurité où avait disparu son collègue, que l'on ne voyait toujours pas.

— Et tu aurais dit quoi, exactement, sur les attentats de Paris et sur ceux de Belgique ?

— Eh, dit Yaya, je ne sais pas exactement.

Baboucar lui parla en wolof, à toute vitesse. Il lui demanda s'il était devenu fou, s'il s'était mis à déblatérer en public, avec qui il avait parlé. Le carabinier n'avait pas encore expliqué ce qu'avait dit Yaya, mais lui, il connaissait parfaitement sa version concernant les attentats en Europe.

— Eh non, fit le carabinier. Comme ça, ça ne va pas. Ne me parlez pas en africain, vous allez me mettre en rogne. Ce que vous avez à vous dire, vous le dites en italien. Ou bien vous vous taisez, ça vaudra mieux.

Mais à présent, Ousmane aussi s'était mis à apostropher Yaya, toujours en wolof. Il parlait une langue gutturale et syncopée, et répétait la tirade de Baboucar. Juste avec un peu plus de colère et de peur. "Tu es fou, lui disait-il. Tu veux nous faire mettre en prison. Tu veux nous faire renvoyer chez nous demain. Tu es stupide." Mais le carabinier l'arrêta, cette fois très agacé.

— Eh ! Je t'ai dit d'arrêter. Pas d'africain. Vous allez m'obliger à vous emmener à la caserne, si vous faites ça. Vous voulez aller à la caserne ? On continue comme ça ?

— Non, non, dit Baboucar. Non, non. Pardon.

Ousmane, quant à lui, regardait Yaya avec des yeux injectés de sang, mâchoires serrées. Désormais, sur le visage du carabinier, on ne trouvait aucune trace de la mansuétude de l'après-midi. Et cela ne lui plaisait pas.

— Alors, dit l'homme en donnant une petite tape sur l'épaule de Yaya qui avait encaissé en silence, et sans ciller, l'engueulade de ses amis. J'étais en train de parler avec toi. Comment se sont passées les choses ?

Yaya claqua de nouveau la langue et fixa le carabinier.

— J'ai juste dit que les attentats en France sont toujours bizarres.

— Bizarres ? Ça veut dire quoi, bizarres ?

— Bizarres. Que chaque fois, ils trouvent tout de suite les papiers, les maisons, les amis, les coups de téléphone. Une minute après ils savent tout. Et alors pourquoi, pour celui-là, ils ne le savaient pas une minute avant ? Vous ne trouvez pas ça bizarre, vous aussi ?

Le carabinier l'observait avec curiosité. Il regardait son nez épaté, sa bouche charnue et petite, qui bougeait rapidement pendant qu'il parlait un italien presque parfait, ses épaules robustes, ses bras musclés. C'était un poids lourd.

— La télévision dit que c'était Karim Abdullah, tout de suite ils ont la photo, tout de suite tout le monde lui court après. Et tout de suite ils le trouvent et le tuent ou de toute façon ils savent où il s'est enfui. À mon avis, c'est bizarre.

— Et alors, qu'est-ce qu'il y a là-dessous ? fit le carabinier.

— Comment ?

— Je dis : ça veut dire quoi, tout ça ? S'ils savent tout des terroristes, d'après toi qu'est-ce que ça veut dire ?

— Eh, dit Yaya. Qu'est-ce que j'en sais ? Et d'après vous ?

— Ce que je pense, moi, je le sais déjà. Ce qui m'intéresse, c'est ce que toi, tu penses. À ton avis, pourquoi les Français savent-ils déjà tout, une minute après les attentats ?

Yaya baissa de nouveau les yeux sur les pieds du carabinier et se remit à parler sans le regarder en face.

— Je n'en sais rien.

Le carabinier observa Ousmane. Son visage n'avait pas perdu son expression teintée de désespoir féroce, ses lèvres roses vibraient sous l'effet de la tension.

— Et toi, qu'est-ce que tu en penses ? Tu es un policier, non ? Dans ce cas-là, comment ça fonctionne ?

Ousmane regarda Baboucar, parce qu'il n'était pas sûr d'avoir bien compris, mais il évita de lui demander des explications en wolof et répondit en fonction de ce qu'il pensait avoir saisi.

— Police française bonne. Elle le fait bien. Yaya ne pas disé vérité. Moi pas en accord avec lui.

— Ah, fit le carabinier. Notre ami, lui, ne trouve rien de bizarre. J'ai comme l'impression qu'il pense comme moi, Yaya.

Yaya eut un geste de résignation, léger et indifférent.

— Mais, reprit le carabinier, après, tu n'as rien dit d'autre ? Il n'y avait pas une autre histoire, toujours au sujet des attentats ?

— Une autre histoire ?

— Oui, une autre histoire encore. Concernant Daesh et ceux qui les organisent vraiment, ces attentats.

— Hum, fit Yaya. Non. Je ne crois pas. Moi, je ne sais pas qui les fait.

Un bruit de pas annonça le retour du brigadier Fruganti, papiers à la main et casquette entre son bras et son flanc.

— Fruganti ! appela son collègue. Notre ami dit qu'il trouve bizarres les attentats en France. Toi, comment tu les trouves ?

Le brigadier haussa les épaules et, en rejoignant son collègue, il l'informa à voix basse que tout était OK. Les papiers étaient en règle.

— Alors, récapitulons, reprit le carabinier plus âgé. Il y a une heure et demie, quelqu'un a appelé le 112 en disant que, dans un bar de Falconara Marittima, il y avait un garçon africain qui, pendant la finale de l'Euro de foot, hurlait des insultes contre les Français. Et que, ensuite, pendant la pause, ce garçon s'était mis à discuter avec quelqu'un d'ici au sujet du terrorisme islamiste et des attentats en France, il soutenait que ces attentats, la France se les fait elle-même. Pour avoir le droit, ensuite, d'aller bombarder en Afrique et en Syrie. Ce garçon, Yaya, c'était toi ?

Yaya mit les mains dans ses poches, regarda les yeux enflammés d'Ousmane, puis ceux, inquiets, de Baboucar. Il n'hésita pas longtemps, parce qu'il savait clairement ce qu'il aurait dû dire, sans que personne ne lui intime quoi que ce soit. Il n'était pas idiot.

— Non, monsieur, dit-il. Je n'ai jamais dit ça. Je ne le pense pas.

Les deux carabiniers le fixaient, et le brigadier Fruganti avait aussi pris en main le permis de séjour de Yaya.

— Tu ne penses pas que les Français ont commis eux-mêmes les attentats pour pouvoir aller bombarder l'Afrique tranquillement ?

— Non, dit Yaya. Ça, non. Je pense juste que les attentats sont bizarres.

— Et qu'est-ce que tu penses de Daesh ?

— Daesh est une merde, répondit Yaya. Je ne sais pas très bien comment il est né et avec qui il fait des affaires. Mais ce qui est sûr, c'est que c'est une merde.

— Une merde, répéta le carabinier le plus âgé.

— Oui.

Une légère brise faisait bruisser les papiers des quatre garçons entre les mains du brigadier Fruganti. Ni lui ni Robert, jusque-là, ne s'étaient immiscés dans la conversation. Ils étaient les plus jeunes et aussi les plus petits, sauf que Robert avait un corps mince, frêle, qui disparaissait dans son jean, et un tee-shirt coloré trop grand pour lui, alors que Fruganti était compact et massif, tout en muscles, cheveux très courts tirant sur le blond et surmontant une tête très petite, et sa peau était bronzée. Robert regarda les papiers, puis les mains du brigadier Fruganti, des mains trapues.

— Écoute, dit alors à Yaya le carabinier plus âgé. Tu es musulman ?

— Oui, répondit Yaya sans hésiter.

— Pourtant, tout à l'heure, tu étais en train de boire une bière.

— Eh, fit Yaya en se passant la main sur la tempe en sueur. Je ne suis pas un bon musulman.

Le carabinier scruta attentivement Baboucar, Ousmane et Robert.

— Et vous, qu'est-ce que vous en dites ? De toute cette histoire.

— Je pense que c'est quelque chose de très moche, répondit promptement Baboucar. Daesh, les attentats. Moi, je prie pour Paris et pour Bruxelles. Tous les jours.

— Tu pries Allah ?

— Bien sûr, dit Baboucar. Tous les jours.

Le carabinier plus âgé sourit et chercha un soutien en la personne du brigadier Fruganti, mais celui-ci ne le lui donna pas.

— Et toi ? demanda-t-il à Robert.

Celui-ci sourit, découvrant ses grandes dents blanches.

— Moi christian, dit-il.

— Chrétien, dit Baboucar. Il vient du Nigéria.

— Chrétien, répéta le carabinier.

Puis il prit le brigadier Fruganti par le bras et l'entraîna quelques mètres plus loin, à la lumière d'un réverbère, pour parlementer. Ils passèrent en revue les papiers des quatre garçons, mais c'était le plus âgé qui parlait presque seul et tout à coup, il sortit d'une de ses poches un paquet de cigarettes et en alluma une. Une volute de fumée s'éleva lentement en direction du réverbère, puis les deux hommes se rapprochèrent du petit groupe des Africains.

— Écoute, Yaya, dit le carabinier le plus âgé, pendant que le brigadier Fruganti restituait les papiers à leurs propriétaires légitimes. Je vais te donner un conseil. Pour moi, tu peux bien penser tout ce que tu veux, mais il ne faut pas que tu tiennes certains propos en public. Parce que, après, les gens ont peur et ils nous appellent. Et nous, on doit venir perdre du temps comme ça, au lieu de faire des choses plus utiles pour tout le monde. Et ça, ça ne me plaît vraiment pas.

Yaya acquiesça.

— D'accord, dit-il.

Le carabinier tira trois ou quatre bouffées de sa cigarette, puis il se tourna pour rejeter la fumée derrière lui.

— Et en bas, au local, dit-il, en s'adressant cette fois à Baboucar, vous allez y dormir combien de nuits ?

— Seulement une. Seulement cette nuit. Demain matin, tôt, on a un train, je dois travailler à Pérouse.

— Ah, fit le carabinier. Bravo. Comme ça, c'est mieux.

Il donna ensuite une tape sur l'épaule de Fruganti, pour lui signifier qu'ils partaient. Le jeune homme fit oui de la tête, sentit le vent lui chatouiller le cou et avança d'un pas.

— Bonne chance, dit-il, en regardant tout le monde dans les yeux.

Les deux carabiniers disparurent dans l'obscurité au-delà du dernier réverbère. Le plus âgé jeta sa cigarette au milieu de la rue, le minuscule tison rouge rebondit deux fois sur l'asphalte avant d'être englouti par la nuit et par la poussière.

Yaya se mit en route en silence, les mains dans les poches et le cou enfoncé dans les épaules, comme pour se protéger d'un froid inexistant. Sur le moment, les autres restèrent immobiles, debout, sans rien dire. La lèvre inférieure d'Ousmane tremblait, une multitude de gouttelettes de sueur lui recouvraient le nez, ses yeux étaient rivés sur le dos de Yaya. Robert le regardait de bas en haut, Baboucar se tâtait les cheveux.

— En fin de compte, ça s'est bien passé, non ? dit Yaya, en traînant les pieds sur les pavés.

Ousmane semblait ne pas avoir entendu ; il inspira profondément, comme on lui avait appris à le faire pour chasser l'anxiété, Robert ébaucha un sourire auquel il renonça aussitôt. Des rues voisines provenaient les voix des quelques personnes qui se promenaient encore. Le match était terminé depuis un moment, il était minuit passé. On entendit soudain les pleurs d'un enfant. Au deuxième étage d'une villa, une lumière s'alluma, la fenêtre grande ouverte laissait deviner un peu d'agitation. Les trois garçons la fixèrent un instant, puis Ousmane se mit à réciter une complainte dans une langue que même Baboucar ne comprenait pas. Il parlait à voix basse et, de temps à autre, il montait d'un ton et émettait des sons étranglés, presque caverneux. Il faisait oui de la tête et prononça plusieurs fois, clairement, son propre prénom. Baboucar fit mine de s'approcher, mais Ousmane l'écarta d'un geste brusque, les yeux mi-clos, et juste au moment où l'enfant cessa de pleurer, il applaudit et suivit Yaya, qui se trouvait désormais presque au bout de la rue. Ousmane marcha rapidement, Robert et Baboucar le suivirent et Baboucar l'appela, mais Ousmane ne répondit ni ne s'arrêta.

— He's fine ? demanda Robert, et Baboucar dit qu'il n'en savait rien.

La rue débouchait sur le cours. Ils le prirent l'un derrière l'autre et s'aperçurent qu'ils étaient tout près de la place avec le manège. Yaya s'y trouvait déjà, debout, toujours les mains dans les poches, à quelques mètres du banc sur lequel était assis un vendeur de roses bengalais. Baboucar regarda autour de lui et vit que le cours était désert. Le Bengalais était là, tête basse, les coudes posés sur les genoux, et dans ses mains il ne lui restait qu'une demi-douzaine de roses rouges. La place était entourée d'un muret en pierre, derrière lequel s'élevaient des arbres très feuillus. L'unique palmier, au centre de la place, semblait mis là exprès pour monter la garde devant le manège rose. Yaya s'était arrêté à l'entrée de la place, non loin d'un téléphone public qui trônait près de l'entrée, entre les deux bras du muret. Quand Ousmane fut à une dizaine de mètres, il l'appela par son prénom, et l'autre se tourna en déplaçant uniquement son torse, sans ôter les mains de ses poches ni décoller les pieds du sol.

— Yaya, répéta Ousmane, et Baboucar et Robert le virent se jeter sur Yaya, en articulant des mots incompréhensibles.

À ce moment-là, Yaya se tourna complètement, laissant pendre ses bras le long des flancs. Il avait une large poitrine et des biceps puissants, même au repos. Ousmane l'apostrophait d'une voix surexcitée, pendant que ses bras s'agitaient constamment, de haut en bas. Il accompagnait ce mouvement de la tête en se balançant sur ses jambes, en une sorte de danse que Robert trouvait un peu ridicule. Baboucar l'appela de nouveau, mais il l'ignora et continua de s'adresser à Yaya, qui se taisait. Baboucar et Robert se placèrent à côté de lui et quand Ousmane se rendit compte de leur présence, il cessa de parler et de vociférer. Le vendeur de roses avait levé la tête et les regardait sans manifester beaucoup d'intérêt. À côté du banc où il était assis, une large croûte de fientes noires et blanches recouvrait la chaussée, mais sur l'arbre au-dessus de lui, on ne voyait aucun oiseau.

— Ousmane, dit enfin Yaya, et il lui posa une main sur l'épaule.

L'autre le regarda avec des yeux énormes, la tête ondoyant sous l'effet de la respiration qui montait et descendait frénétiquement. Il ne parla pas, ferma les yeux à demi, par deux fois, recula la tête.

Baboucar avança alors d'un pas et dit quelques mots en wolof, mais Ousmane ne quitta pas Yaya des yeux, et fit un signe pour dire à Baboucar de ne pas s'en mêler. Les yeux de Robert allaient à toute vitesse d'un visage à l'autre, égarés.

— Ousmane, dit Yaya, je regrette.

Ousmane baissa la tête, serra les poings, balança un bras, comme s'il hésitait sur ce qu'il fallait faire. Robert pouvait voir la grosse veine qui était apparue sur sa tempe droite. Il voyait la sueur qui sillonnait ses pommettes, les contractions imperceptibles de ses joues, il entendait le souffle de sa respiration qui sortait de ses narines. Baboucar fronçait les lèvres et se touchait les cheveux, cherchant les mots pour le calmer. Il se sentait fatigué. Mariam était comme un bourdonnement incessant à la racine de toutes ses pensées, le local des pêcheurs lui apparaissait soudain comme un lieu très éloigné et de nouveau hostile, pour on ne sait quelle raison. Il imagina le visage d'Adelmo, son gros ventre plein de bonté. Il voulait être reconnaissant à son égard, et juste. À présent il fallait partir, et dormir, puis se remettre à penser aux choses à faire le lendemain.

— Yaya s'est excusé, dit-il. Je pense que ça va bien comme ça.

Ousmane leva les yeux sur Yaya, en se tortillant une tresse. Il n'était pas beaucoup plus petit que lui, mais il semblait deux fois moins large. Puis il regarda Baboucar, la blancheur éblouissante de son sourire, puis de nouveau Yaya, et enfin Robert. Aucun d'entre eux ne prêtait attention au Bengalais, qui avait enlevé ses sandales et se passait les mains sur la plante des pieds pour en ôter le sable et la poussière. La lumière des réverbères était faible, la ville déserte et silencieuse, on n'entendait que le bruit des voitures qui passaient sur la route de la gare et, de temps à autre, un autoradio à plein volume. Yaya fit claquer sa langue, battit les paupières deux ou trois fois, remit les mains dans ses poches, prenant un air las et résigné.

— Eh, dit-il, moi je ne me suis pas excusé.

Il gardait les yeux à terre et resta la bouche ouverte pendant quelques secondes, sans parler, puis il reprit.

— J'ai dit que je regrette. Mais je ne me suis pas excusé. Je regrette qu'Ousmane ait eu peur à cause de ce que j'ai dit, et à cause des carabiniers, mais vous, vous savez que j'ai raison. Quand quelqu'un a raison, il ne fait pas d'excuses.

C'est alors qu'Ousmane le frappa.

— Il est mort ?

Le Bengalais fit irruption derrière les trois autres, seul Robert le regarda un moment, avant de se remettre à fixer la tache de sang qui, très lentement, s'élargissait sous la tête d'Ousmane. L'impact de celle-ci contre l'angle du muret avait produit un bruit sourd, comme un linge mouillé claqué dans l'air, et Ousmane avait roulé sur un côté, sans crier ni prononcer un seul mot. À présent il se tenait là, recroquevillé, son tee-shirt remonté jusqu'au milieu du dos, les yeux fermés, pendant que le sang coulait de sa nuque noire.

— Putain de merde, dit Baboucar, qui s'était agenouillé aussitôt et qui tapotait l'épaule d'Ousmane pour comprendre dans quel état il se trouvait.

Puis il se mit à parler en wolof, frénétiquement, et Robert comprit qu'il s'adressait à Yaya. Celui-ci était immobile, une grande statue qui faisait de l'ombre à toute la scène. Son tee-shirt était presque entièrement déchiré entre le cou et la manche gauche, sur sa peau on devinait des griffures, sur son dos, des taches de sueur. Ses yeux étaient fixés sur Ousmane, de temps à autre il clignait des paupières et il respirait doucement. Peut-être n'entendait-il pas les mots de Baboucar, ou peut-être les connaissait-il déjà. Il avait poussé Ousmane pour s'en débarrasser et éviter de lui faire mal, et voilà le résultat. Le vendeur de roses fit un autre pas en avant, regarda furtivement autour de lui, puis baissa brusquement les yeux et regarda à terre. Un filet de sang s'était frayé un chemin entre les interstices des pavés et était arrivé jusqu'à son petit orteil nu. L'homme recula, dégoûté, en traînant les pieds sur la chaussée, retourna à son banc et remit ses sandales. Quelques roses étaient tombées sur le sol, l'une s'était retrouvée sur les fientes d'oiseaux.

Baboucar approcha son oreille du nez d'Ousmane et dit qu'il respirait. Il l'appela par son prénom et continua à le toucher, à lui serrer les épaules, les bras, puis il demanda à Robert d'aller chercher de l'eau. Robert comprit, regarda autour de lui, mais il n'avait aucune idée de l'endroit où il pourrait en trouver. Il examina le cours mais tous les bars étaient fermés, si bien qu'il revint sur ses pas et se retrouva devant le Bengalais.

— De l'eau ? lui demanda l'homme.

Il lui expliqua, en anglais, que non loin de là, il trouverait une fontaine. Robert courut à l'endroit indiqué mais une fois sur place, il se rendit compte qu'il n'avait rien pour apporter l'eau jusqu'à Ousmane. Il réfléchit quelques instants, après quoi il enleva son tee-shirt et le trempa soigneusement sous le jet de la fontaine. Lorsqu'il revint sur la place, Ousmane était assis par terre, le dos appuyé au muret, juste à côté de l'arête qui lui avait ouvert le crâne. Robert donna le tee-shirt imbibé d'eau à Baboucar qui, sans ciller, le passa d'abord sur le visage d'Ousmane, puis l'utilisa pour tamponner la blessure. Robert fut heureux de savoir qu'il était vivant, mais il ne vit pas Yaya. Il sentit un frisson glacé parcourir son dos, maigre et nu ; il se frictionna les bras et adressa un signe d'entente au Bengalais assis sur le muret, près d'Ousmane. Ce dernier avait les yeux ouverts et rouges, il respirait la bouche grande ouverte, une de ses jambes était étendue et l'autre pliée.

— You good ? lui demanda Robert.

Il posa lentement les yeux sur lui, le fixa. Ousmane ne répondit pas.

— Il faut aller à l'hôpital, dit Baboucar.

Le Bengalais, les mains posées sur le muret, acquiesça imperceptiblement et cracha par terre. Robert s'approcha, mais il resta debout. On entendait des voix au loin, Baboucar leva la tête et essaya de voir si quelqu'un s'était mis à une fenêtre, attiré par les cris d'Ousmane et par le remue-ménage, mais il eut l'impression qu'il n'y avait personne. Une grosse larme déborda de l'œil droit d'Ousmane, dévia légèrement à la hauteur de la pommette, puis continua tout droit jusqu'à la commissure des lèvres.

— Non, dit-il doucement, mais c'était comme une petite supplication adressée à quelque chose de plus grand qu'eux.

Le Bengalais se leva et dit à Baboucar qu'il savait comment faire.

— Sans ambulance, dit-il. Il y a mon cousin.

Ils s'entendirent sur le prix : vingt euros. Le Bengalais passa un coup de téléphone et dix minutes plus tard, un autre Bengalais arriva, au volant d'une Golf antédiluvienne, gris métallisé. Ils relevèrent Ousmane avec précaution, en le prenant sous les aisselles, et le propriétaire de la voiture dit de faire attention à ne pas salir le siège avec le sang. Ils décidèrent donc de l'allonger sur les sièges arrière, sur le côté, même si l'hémorragie semblait s'être arrêtée. Robert s'assit près de ses pieds, Baboucar s'installa à l'avant, et ils partirent. Durant le trajet, personne n'ouvrit la bouche, et Ousmane ne se plaignit pas. De temps à autre, Baboucar lui demandait comment il allait, et l'autre répondait OK. Il leur fallut moins d'un quart d'heure, en parcourant des rues étroites qui montaient et descendaient, peut-être pour ne pas courir le risque de croiser la police. L'hôpital était immense, et pour arriver aux urgences, ils traversèrent ce qui leur parut être une grande ville dans la ville. Le Bengalais s'arrêta devant l'entrée sans couper le moteur de la voiture, et lorsqu'il ouvrit la portière arrière, Ousmane s'était déjà relevé, en écartant Robert de ses pieds, pour lui faire comprendre qu'il voulait essayer de marcher sur ses propres jambes.

— Fais attention, dit Baboucar, en lui offrant son bras pour l'aider.

Ousmane le prit, s'appuya sur ses pieds déjà posés sur l'asphalte, et se redressa. Le Bengalais vérifia le siège arrière pour s'assurer qu'il n'était pas souillé de sang, remonta en voiture et repartit sans saluer. Baboucar dit que l'homme aux roses lui avait bien expliqué ce qu'il fallait faire et qu'ils pouvaient être tranquilles : ils vous demanderont la carte d'assurance maladie, puis votre numéro fiscal, puis une pièce d'identité quelconque, mais vous direz que vous n'avez rien sur vous.

— Donne-lui un faux nom, dit-il à Ousmane. Pour eux, ça marchera quand même.

Ousmane ne répondit rien, sa main serrait toujours l'avant-bras de Baboucar, l'autre tenait pressé contre sa nuque le tee-shirt de Robert. Il dit ensuite qu'il ne voulait pas entrer.

— Je ne veux pas la police. Je ne veux pas parler avec eux.

Baboucar porta une main à ses cheveux, gonfla les joues, expulsa l'air en soufflant.

— Il n'y a pas de police, Ousmane. Il y a les docteurs. Ils ne le diront pas à la police, et toi, tu donnes un faux nom. Personne ne sait que tu es Ousmane.

Ousmane secouait la tête. Elle lui faisait mal, mais pas trop. Et le sang ne coulait plus. Il pouvait se passer de l'hôpital.

— On ne peut pas rentrer comme ça à Pérouse, Ousmane. Tu le sais. Il y avait beaucoup de sang. C'est la tête.

Robert écoutait, nu jusqu'à la ceinture, et il espérait rentrer le plus vite possible. Dans la voiture il faisait froid, dehors il faisait froid. Désormais, ils étaient arrivés jusqu'ici, ils ne pouvaient pas faire autre chose qu'entrer. Ousmane porta à ses yeux le tee-shirt de Robert, et vit qu'il n'était plus qu'un paquet rouge et jaune. C'était son sang, et sur la route, il en était resté beaucoup plus. Il dit quelques mots en wolof, il dit que si la police arrivait et l'identifiait, pour lui ce serait la fin. Il dit qu'il avait peur de la police. Qu'il ne voulait pas retourner en Gambie. Baboucar le rassura de nouveau.

Ils feraient vite, on lui recoudrait sa blessure et on le renverrait.

— Alors on prendra le bon train, et demain on sera à la maison.

Puis il regarda Robert, sa poitrine maigre, ses épaules étroites, sa peau luisante. Il lui fit un clin d'œil et lui demanda de l'aider avec Ousmane, et cette fois, Ousmane ne s'opposa en aucune façon. Ils franchirent donc la porte d'entrée, dépassèrent le hall et, après l'angle d'un long mur, la salle d'attente à proprement parler s'offrit à eux. Il y avait sept ou huit personnes, aucune ne semblait particulièrement mal en point, en tout cas aucune ne perdait du sang. Baboucar les scruta attentivement, il s'approcha d'un homme d'une soixantaine d'années et lui demanda comment il devait faire pour parler aux médecins. L'homme lui indiqua la baie vitrée en face de lui et lui dit de sonner et d'attendre. L'infirmière chargée d'accueillir les malades regarda distraitement la blessure d'Ousmane, lui demanda ses papiers et lorsqu'elle s'entendit répondre par la négative, elle ne fit pas un pli. Elle nota le faux nom, dit que ce n'était pas un cas grave et leur dit d'attendre.

L'attente dura deux heures et demie. Ousmane pria. De l'endroit où il était assis, il pouvait voir la porte d'entrée et il était convaincu que, d'un moment à l'autre, elle s'ouvrirait pour laisser entrer un policier ou un carabinier. Il demandait à Allah de l'aider, et ce n'était pas la première fois qu'il le faisait. Baboucar lui avait acheté une petite bouteille d'eau au distributeur automatique, et il avait l'impression que boire lui avait fait du bien. Il se sentait mieux, il avait repris des forces, même si la douleur à la tête pulsait comme si son cœur était monté jusque là-haut. Mais pour cette fois, se disait-il, elle ne s'était pas cassée. J'ai la tête dure, pour la casser il en faut bien plus. Baboucar regardait régulièrement l'heure sur son portable et répétait qu'ils avaient tout le temps pour les points de suture, et pour arriver à l'heure à la gare en passant par le local afin de récupérer leurs sacs à dos. Il calculait mentalement et avec les doigts, et avant tout, il devait se convaincre lui-même. Robert ne tarda pas à s'assoupir, recroquevillé dans un coin à cause du froid, mais auparavant, il demanda à Baboucar où était passé Yaya.

— Je ne sais pas, répondit Baboucar.

Il lui avait envoyé un message sur WhatsApp, mais l'autre ne l'avait même pas regardé.

Alors que, d'après les calculs de Baboucar, ce serait bientôt leur tour, une ambulance arriva en trombe et, d'après l'agitation qui s'empara des infirmiers, ils comprirent que quelque chose de grave s'était produit. Mais le calme revint rapidement et au bout de vingt minutes, l'infirmière de l'accueil apparut et dit à Ousmane qu'il pouvait entrer. Baboucar s'approcha pour l'aider mais Ousmane l'arrêta, se leva et marcha tout seul. Lentement, mais d'un pas assuré. Il alla vers l'infirmière et se laissa guider à l'intérieur du service. Le médecin avait une cinquantaine d'années et ne portait pas de lunettes, son visage était fatigué. Avant de commencer, il regarda l'horloge murale, elle indiquait quatre heures et quart.

— Voyons un peu, dit-il. Que s'est-il passé ?

Ousmane était assis sur la table d'examen, les yeux baissés et les bras pendants. Il pensait à la douleur, à sa tête dure, au sang sur la chaussée. Mais surtout, il pensait à la police.

— Rien, dit-il après un silence.

Son nez était de nouveau recouvert de gouttelettes de sueur, ses membres tremblaient imperceptiblement. Le médecin s'approcha et prit sa tête entre ses mains, étirant les bords de la blessure, après quoi il donna à voix basse des instructions à l'infirmière, pas celle de l'accueil, mais une autre. Tous les deux portaient des gants, l'infirmière se mit à nettoyer la blessure avec de la gaze et un désinfectant liquide. Ousmane sentait ses mains devenir glacées, et il évitait de regarder le médecin ou l'infirmière dans les yeux. La femme lui demanda si elle lui faisait mal, il secoua la tête, puis le médecin l'appela par le nom qu'il avait donné à l'accueil et lui effleura le menton pour l'obliger à le regarder en face.

— Je vais te faire une petite anesthésie. Avec ça, dit-il en brandissant une seringue.

La piqûre brûla plus qu'Ousmane ne s'y serait attendu. Il poussa un petit gémissement, mais en quelques secondes, la douleur disparut complètement. Le médecin s'affaira avec une aiguille et du fil, tout en parlant avec l'infirmière de choses qu'Ousmane ne comprenait pas et qui ne l'intéressaient pas.

— Écoute, lui dit soudain le médecin. J'ai juste besoin de savoir si on doit vérifier la tête. Comment tu t'es fait cette coupure ? Une bouteille ? Une bagarre ? Tu es tombé ?

Ousmane se mordit les lèvres, réfléchit, regarda l'infirmière.

— Non, dit-il. La porte.

— La porte ? répéta le médecin.

— Oui. La porte.

Le médecin abandonna ses instruments dans un petit bassin en métal posé sur le lavabo ; il s'adressa de nouveau à l'infirmière, puis il fit signe à Ousmane de s'allonger. Il l'examina, lui demanda de suivre des yeux son index, de lever et de baisser les bras et les jambes.

— Écoute, dit-il. Je ne suis pas un policier. Mais il faut que je sache ce qui s'est passé. Il faut peut-être faire un scanner. Tu sais ce que c'est, un scanner ?

Ousmane secoua la tête, le médecin se mit à trafiquer avec son ordinateur et au bout d'un moment, il fit pivoter l'écran en direction d'Ousmane pour lui montrer l'image d'un crâne, en plusieurs tons de gris.

— Voilà, dit le médecin en pointant le doigt dessus. Also your head needs it, maybe.

— Oh, fit Ousmane. No ! No ! La tête va bien. No hit. Seulement la porte. Seulement la sang.

— La sang, dit le médecin.

Il lui dit ensuite de se relever, fit encore quelques gestes pleins de lassitude avec son index qui se déplaçait çà et là, lui braqua une lumière dans les yeux pour regarder jusqu'à l'intérieur de son cerveau. Ousmane eut un mouvement de recul, comme s'il craignait qu'il ne lise dans ses pensées. Il n'avait qu'une envie : sortir de cet endroit, et lorsque le médecin se rassit devant son ordinateur et se mit à écrire, il crut que ce moment ne finirait jamais. Il porta une main à sa blessure : sentir la gêne des bandages le rassura, d'une certaine manière. Il examina attentivement le médecin et se dit qu'il était très différent de celui qui lui procurait les remèdes pour son estomac. Il portait les cheveux plutôt longs pour son âge, blancs et noirs, ses grosses mains, recouvertes de poils foncés, se déplaçaient lentement sur le clavier, et son visage était tout près de l'écran. Un homme bon, pensa Ousmane, et il se dit que cette fois aussi, il s'en tirerait peut-être.

— Moi, je crois que ce serait utile de le faire, ce scanner, dit le médecin. Il y a de grandes chances pour que tout aille bien, mais à mon avis, tu as pris un sacré coup.

Ousmane le regardait sans rien dire et sans comprendre tout à fait.

— Un coup très fort. Et la tête, c'est important.

— Oui, oui, dit Ousmane. La tête importante.

Le médecin sourit, puis il parla de nouveau avec l'infirmière et écrivit quelque chose.

— Alors maintenant, tu vas te mettre là et tu vas attendre, sur un petit lit. Un garçon arrivera bientôt et t'emmènera faire le scanner. Tu verras, demain matin tu seras déjà chez toi, bien tranquille.

Ousmane laissa l'infirmière l'installer sur un brancard, et le pousser dans une pièce à laquelle on accédait par une autre porte de la salle de consultation. Avec lui se trouvaient deux hommes âgés. L'un d'eux dormait, l'autre ne daigna même pas le regarder. Ousmane était étendu sur le côté, pour ne pas appuyer sur la blessure. Pendant un instant, il pensa à Yaya, mais son esprit l'entraînait ailleurs. Il regardait la porte de la salle de consultation, et une autre porte qui donnait on ne sait où. Les policiers auraient pu faire irruption par l'une ou par l'autre. Il prit son téléphone portable dans une main et vit qu'il était presque cinq heures. Dans un peu plus de deux heures, ils devraient prendre le train, et vu la façon dont se passaient les choses, ce serait impossible. Il envisagea d'écrire un message à Baboucar, mais ne le fit pas. Partons, se dit-il. J'ai connu pire. Il se mit debout, testa sa stabilité et son équilibre en faisant quelques pas dans la pièce. Il se sentait faible, mais en bon état. La blessure ne pulsait plus, et il était beaucoup moins groggy. L'homme qui ne dormait pas le scruta avec un mélange d'inquiétude et de curiosité, se préparant à crier au cas où ce jeune Africain se serait approché avec des intentions menaçantes. Mais le jeune Africain avait d'autres projets. Il s'approcha lentement de la deuxième porte, l'entrouvrit et vit un couloir. Alors il l'ouvrit toute grande, en essayant de ne pas faire de bruit, et se mit en quête de la sortie.

5

Baboucar marchait devant. Robert le talonnait, Ousmane suivait à quelques mètres de distance. À côté d'eux défilaient les cabanes des pêcheurs et les barques du petit matin, alignées sur le sable mouillé. Le chemin de fer était une longue plaque d'air sur laquelle était imprimé le passage d'un million de trains, le bruit continu des vagues était déchiré, de temps à autre, par les cris des mouettes. Leurs vêtements étaient sales, froissés, ils commençaient à puer et, à chaque pas, leurs chaussures de tennis se remplissaient de sable foncé. Après avoir fermé derrière eux la porte du local, ils avaient emprunté le passage souterrain et étaient retournés sur le bout de plage menant à la raffinerie. Les navires à l'horizon semblaient immobiles, tous occupés à suivre la même route, un fil d'un noir imperceptible suspendu entre le ciel blanc d'Orient et les eaux adriatiques. Le soleil était encore bas et avait du mal à réchauffer leurs membres engourdis par la nuit, la plage était parsemée de femmes âgées et grasses, venues préparer le déjeuner et faire le ménage dans les villas. Sur le sable, on voyait encore les traces de quelques véhicules passés pour nettoyer ou surveiller pendant la nuit et, contre les murs de la gare, ils aperçurent des couvertures et des corps endormis entremêlés.

Ousmane se traînait, il était plutôt fatigué mais il savait qu'il pouvait y arriver. Le taxi les avait laissés devant le local des pêcheurs à cinq heures et demie, ils avaient essayé de dormir un peu avant de se remettre en route vers la gare. Lui n'y était pas parvenu. Sa blessure était douloureuse parce que l'anesthésie ne faisait plus d'effet, et les conséquences du coup reçu s'ajoutaient au manque de sommeil et à l'adrénaline. Il avançait comme une épave, mais il avançait. Robert s'était aussi chargé du sac à dos de Yaya, à l'intérieur duquel il avait trouvé le tee-shirt qu'il portait en ce moment. Il nageait dedans. Par moments, il éternuait et il se disait que bientôt, il aurait de la fièvre. Le coup de fil de Maïa, peu après sept heures, les surprit à la gare, assis dans la salle d'attente, morts de sommeil. Baboucar laissa son sac en plastique à côté de Robert et alla rendre les clés à la sœur d'Adelmo. La marchande de journaux était déjà au courant, et elle tendit la main sans sourire ni lui accorder autre chose que deux grognements. Baboucar, qui s'attendait à une femme aussi gentille et loquace que son frère, fut étonné mais ne se vexa pas pour autant. Ils achetèrent les billets pour Foligno avec l'argent qui leur restait et n'eurent pas longtemps à attendre. Quelques minutes avant l'arrivée du train dans la lumière éblouissante de la mer, ils virent apparaître Yaya. Ce dernier s'assit à côté de Baboucar, sans saluer personne, sans chercher Ousmane des yeux. Ousmane regarda fixement le sol, Baboucar soupira, Robert prit le sac à dos de Yaya et le lui tendit.

Le train arriva à l'heure et partit à l'heure, et il parcourut à rebours le chemin qui, la veille, les avait conduits jusque-là, mais cette fois, il ne s'arrêta qu'à Jesi et à Fabriano. Pendant le trajet, ils s'endormirent, sauf Robert, et aucun contrôleur ne passa. À la gare de Jesi, Robert baissa la vitre et essaya de revoir les dessins multicolores sur les murs, mais il n'arriva pas à les repérer. Réveillé par la secousse de la vitre qui se baissait, Baboucar ouvrit les yeux, mais au bout de quelques secondes, il replongea dans un sommeil lourd. À Fabriano, le paysage était complètement différent. Tout autour, il n'y avait que des montagnes sombres, l'air était plus pesant, on ne percevait aucune trace de la respiration de la mer. En si peu de temps, de la mer à la montagne, se dit Robert, et bientôt ce serait de nouveau la ville. Pérouse, la nouvelle maison, les camarades, les cours d'italien, l'attente pour passer devant la commission, et entretemps, les gens dans les rues et la musique d'Umbria Jazz. Lorsque le train repartit, il regarda Yaya qui s'était endormi en face de lui, il observa le col de son tee-shirt déchiré et le pansement sur la nuque d'Ousmane. Puis il pensa à la façon dont cette histoire avait commencé et à celle dont les choses auraient pu se dérouler, si bien qu'il se demanda pourquoi Yaya avait voulu se débarrasser de cette femme de manière aussi expéditive. Il sentit l'appel des cuisses d'Elisabetta, il l'imagina énorme et protectrice. Est-ce qu'il la reverrait un jour ?

À neuf heures et une minute, ils descendirent à la gare de Foligno. Pendant qu'ils traversaient le hall pour rejoindre Maïa qui les attendait en voiture sur le parvis, Robert crut voir du coin de l'œil les visages des deux Ivoiriens écrasés contre la fenêtre du dernier wagon du train, déjà en mouvement.

— Mon Dieu, Ousmane. Qu'est-ce que c'est que ça ?

Maïa s'avança vers lui, elle avait laissé la portière de l'Opel Corsa ouverte, et ses yeux croisèrent ceux d'Ousmane, seulement une fois qu'elle eut pris les mains de celui-ci entre les siennes. Le pansement était volumineux et bizarre, et depuis qu'ils étaient arrivés à la gare de Falconara Marittima, il avait attiré l'attention de tous les passants. Maïa se tourna vers Baboucar et lui demanda ce qui s'était passé, puis elle vit le tee-shirt de Yaya déchiré au niveau du cou et de l'épaule.

— On vous a frappés ?

Baboucar répondit que non, les yeux d'Ousmane étaient rouges, et Yaya monta dans la voiture sans dire un mot. Robert sourit et fit mine de le suivre, mais l'autre l'écarta et ferma violemment la portière. La lèvre d'Ousmane se remit à trembler, il baissa la tête et se mit à la secouer doucement, comme en signe de contrition.

— Vous montez tous en voiture et l'un de vous m'explique ce qui vous est arrivé, s'il vous plaît, dit Maïa.

Baboucar s'installa devant, sur le siège passager, Robert s'assit entre Yaya et Ousmane, et pendant quelques minutes, personne ne dit mot. Maïa était de mauvaise humeur et penchée sur le volant, on aurait dit qu'elle voulait traverser le pare-brise. De temps en temps, elle ébauchait des mots avec les lèvres, passait les vitesses de façon brusque, embrayait trop vite, provoquant un grincement. Foligno était une petite ville et très vite, ils se retrouvèrent à l'entrée de la voie rapide. C'est alors que Maïa brisa le silence.

— Vous devez éviter les histoires, putain de merde. Surtout toi, Ousmane, tu ne peux vraiment pas te le permettre. Tu le sais, bordel, oui ou non ?

En disant ces mots, elle le chercha du regard dans le rétroviseur, mais les yeux du garçon étaient mi-clos, muets. Ousmane, pensa-t-elle, pour l'amour de Dieu. Puis elle regarda Baboucar à côté d'elle. Il avait baissé la vitre, son coude était à l'extérieur et sa tête tournée de l'autre côté.

— Putain de merde, répéta-t-elle en klaxonnant.

Baboucar se tourna et se toucha les cheveux avec la paume de la main. Robert, qui était obligé de rester plié en avant pour ne pas être écrasé entre Yaya et Ousmane, lui posa une main sur l'épaule et eut un grand sourire qu'elle ne vit pas. Baboucar allongea les jambes et le cou, ferma les yeux et rassembla son courage.

— Tu sais, Maïa, en fin de compte, tout s'est bien terminé, dit-il. C'était presque rien.

— Tu te fous de moi, dit-elle.

Elle se tut quelques instants, puis les questionna de nouveau.

— Ils t'ont fait combien de points ?

Baboucar se tourna et regarda Ousmane, mais celui-ci avait toujours les yeux baissés et on avait l'impression qu'il ne percevait rien de ce qui se passait dans cette voiture.

— Bah, fit Baboucar. Pas beaucoup.

Maïa marmonna quelque chose et se mordit la lèvre inférieure. Elle poussa un grand soupir, regarda

Baboucar, tambourina sur le volant du bout des doigts.

— Mais la tête, il se l'est cognée où ? On la lui a ouverte avec une bouteille ? Oh, putain, Ousmane… – Elle s'interrompit. – On a dû lui faire des examens, à l'hôpital.

— Oh, dit Baboucar, ce n'était pas la peine. C'était juste une petite entaille, les examens ne servaient à rien. Ousmane va bien.

Maïa secoua la tête, elle aussi baissa la vitre de son côté, elle regarda Ousmane dans le rétroviseur, puis Robert, puis Yaya.

— Yaya dort ? demanda-t-elle, mais personne ne répondit.

Elle regarda la jauge d'essence, puis sa montre, et dit qu'elle ne pouvait pas croire qu'ils étaient si doués pour chercher les ennuis. Elle demanda de nouveau à Baboucar qui les avait mis dans cet état ; sur le moment, il ne répondit pas, mais il eut une idée et dit que c'étaient deux Marocains sur la plage, ils ne voulaient pas qu'ils dorment là. Robert ne comprit pas, et Baboucar espéra que Maïa ne lui demanderait pas sa version des faits en anglais.

— Si tu vas au tribunal dans cet état…, dit Maïa, mais elle ne finit pas sa phrase. Laissons tomber, putain de merde. Laissons tomber.

Par chance, Ousmane n'avait pas bien entendu. Baboucar se toucha de nouveau les cheveux et dit qu'à l'hôpital, ils avaient donné un faux nom et que donc, il n'y avait pas de problème.

— Vraiment, Maïa. À présent tout va bien. Il n'y a pas le danger.

— Vous êtes idiots, dit Maïa. C'est de ma faute, je vous laisse vous balader.

La journée était très belle et déjà chaude. Maïa était arrivée de bonne humeur à Foligno, parce qu'elle aimait conduire avec le soleil et la chaleur, et parce que c'était une belle route. Ils auraient eu le temps de faire les choses tranquillement, ils auraient déjeuné à mi-chemin, auraient parlé du match et se seraient un peu foutus des Français. Puis le tribunal, le siège de l'ARCI, la nouvelle semaine qui commençait déjà. Alors que.

— Écoute, Ousmane, dit-elle au bout d'un moment. On va faire ça : demain, tu me racontes tout. Ce qui s'est passé, avec qui, pourquoi, ce qu'ils t'ont dit à l'hôpital. Mais en attendant, tu devras dire quelque chose aux gens que tu vas rencontrer, et il faudra que ce soit toujours la même version. Ne pas changer d'histoire à chaque fois.

Ousmane acquiesça lentement, il savait qu'elle le regardait dans le rétroviseur.

— Si l'histoire des Marocains à la plage vous plaît, alors ça va. Mais toujours. Avec tout le monde. D'accord ?

Ousmane chuchota un oui que seul Robert entendit. Maïa lança un coup d'œil à Baboucar. Lui aussi acquiesça.

— Je vous déteste, dit ensuite Maïa. Elle soupira et ajouta que bientôt, elle devrait s'arrêter pour prendre de l'essence.

Lorsqu'ils eurent dépassé le grand dôme de la basilique de Santa Maria degli Angeli, la route tourna à droite ; Maïa mit le clignotant et prit la bretelle pour l'aire de service.

— Vous descendez ? Baboucar, tu veux un café ?

— Je pense que oui, répondit-il. C'est peut-être mieux.

Maïa s'arrêta devant une pompe à essence et en attendant le pompiste, elle dit à Baboucar et à Robert d'entrer, s'ils le voulaient. Ousmane n'avait pas l'intention de rester seul avec Yaya et Maïa et sans rien dire, il se redressa et descendit, aussitôt suivi par Robert.

— Entrez, je mets de l'essence et je me gare.

— Tu laisses Yaya dedans, à dormir ? dit Baboucar, un pied déjà posé sur le sol.

— Mais oui.

C'est ainsi que Baboucar, Ousmane et Robert entrèrent dans le bar de la station-service. Il était petit, avec un comptoir en bois clair un peu vieillot et des machines à sous alignées, sur le côté le plus éloigné de la porte. Derrière le comptoir, une femme d'une trentaine d'années, queue de cheval et yeux verts, essuyait des verres avec un chiffon blanc en tissu. Lorsqu'elle les vit, elle sourit, et tous les trois la trouvèrent très belle. Ils commandèrent un café et deux verres d'eau sans même regarder les croissants derrière la vitre. Ils avaient faim, mais désormais ils n'avaient plus un sou. Robert hésita, il se disait que Maïa payerait peut-être, mais à la fin, il laissa tomber et se contenta de boire de l'eau, comme Ousmane. Pendant qu'elle préparait le café, la barmaid se mit à plaisanter avec un collègue qui était apparu derrière elle, un homme entre deux âges, avec une barbe de trois jours et d'épaisses lunettes qui amplifiaient un strabisme plutôt évident. Ousmane buvait tout en fixant le balancement de la queue de cheval, les cheveux châtains attachés négligemment avec un ruban bleu de quatre sous. Elle avait des épaules larges, des bras bronzés et solides et, en posant les coudes sur le comptoir, Ousmane pouvait aussi voir les leggings noirs qui lui arrivaient à mi-mollet. Quand elle se tourna pour poser le café sur la soucoupe devant Baboucar, elle lui demanda s'il voulait lui aussi un peu d'eau, et Baboucar répondit non, en vérifiant de sa paume ouverte la tenue de ses cheveux déformés par ces deux nuits aventureuses. Robert se hâta de boire son eau et se dirigea vers les machines à sous. Il gardait les mains dans les poches mais n'avait aucune intention de jouer les quelques pièces qui lui restaient. Baboucar but son café avec deux sachets de sucre roux, puis il mit un euro dans la main d'Ousmane et dit qu'il allait pisser. Un homme qui était entré juste avant eux venait de demander où étaient les toilettes, et il n'eut qu'à le suivre à l'extérieur du bar, puis à droite, et enfin, au bas de l'escalier. Ousmane fit donc la queue à la caisse. Il avait très mal à la tête et aurait eu besoin de manger pour récupérer un peu d'énergie. Devant lui, il y avait deux chauffeurs routiers et deux couples de touristes, peut-être étrangers, les femmes avaient des cheveux gris et courts et des tee-shirts laissant voir des bras à la peau vieille et flasque, les hommes, sans doute fatigués par le voyage et par la chaleur, avaient un regard morne. Il serrait dans sa main droite l'euro de Baboucar et se demandait s'il devrait aussi payer les deux verres d'eau. Il espérait que non. À présent, la barmaid s'était installée à la caisse, et elle réfrénait les galanteries grossières des routiers avec des mots qu'Ousmane n'arrivait pas à comprendre, d'autant plus que, entretemps, un groupe d'hommes qui parlaient fort était entré. Les routiers payèrent leurs *cappuccini* et leurs croissants, les touristes réglèrent leurs bouteilles d'eau et d'autres choses encore. Ce fut le tour d'Ousmane, il dit qu'il n'avait pris qu'un café, la jeune femme lui sourit de nouveau et de nouveau, en lui demandant l'euro que lui avait donné Baboucar, elle fut très belle.

— Et l'eau, aussi, ajouta Ousmane, très vite, comme pour rectifier un oubli. Aussi deux verres de l'eau.

Mais elle lui tendit le ticket de caisse avec un clin d'œil, le remercia et s'adressa aux clients suivants. Ousmane se tourna et se retrouva devant une tête qu'il était sûr d'avoir vue quelque part, d'autres fois. C'était celle d'un homme de cinquante-cinq ou soixante ans, bronzée, dont le front et le pourtour des yeux étaient à peine marqués par les rides. Un beau visage, parce que les yeux bleus paraissaient plus jeunes que le reste, et une bouche mince, en parfaite harmonie avec un nez petit et droit et des mâchoires prononcées, de vieil acteur américain. La chevelure était épaisse pour un homme de cet âge, poivre et sel et ondulée, elle lui couvrait à peine les oreilles et lui effleurait le cou. Ousmane croisa le regard de l'homme et ce dernier, pris au dépourvu, baissa les yeux et le dépassa afin de payer ce qu'il devait. Ousmane se demanda qui pouvait bien être cet inconnu qu'il était presque sûr de connaître. Avant même de se rendre compte qu'il connaissait aussi l'homme trapu qui l'accompagnait, il fut attiré par un scintillement de paillettes provenant du coin des machines à sous. Il sortit de la file de clients et fixa l'étendue de paillettes qui recouvraient la veste de l'homme placé devant la première des machines à sous, et qui, à présent, lui tournait le dos. À côté de lui se trouvait Robert qui, intéressé et imperturbable, observait ses tentatives pour décrocher le jackpot. Ousmane regarda de nouveau l'homme aux cheveux ondulés et il regarda aussi, plus attentivement, son compagnon, puis l'ensemble du bar et comprit que là-dedans, en ce moment, se trouvaient sans doute les Lory's Stars au complet. Le seul qui portait une veste était celui de la machine à sous, mais à part les deux qui étaient dans la file, il y en avait autant qui attendaient au comptoir : ils portaient tous les mêmes pantalons noirs et la même chemise blanche que les autres, les mêmes chaussures noires, et ils avaient l'air de s'être couchés très tard, par habitude. Ousmane commença à avoir des sueurs froides, comme lorsqu'il avait peur et, sans rien dire à Robert, il comprit qu'il devait se dépêcher de faire la seule chose sensée qu'il pouvait faire à ce moment-là. Il sortit du bar et disparut derrière l'angle à sa gauche juste avant d'entrer dans le champ visuel de Maïa qui, après avoir mis de l'essence, avait garé la voiture tant bien que mal entre les distributeurs de diesel et ceux de GPL.

À côté de la station de lavage se trouvait un camping-car immatriculé aux Pays-Bas et, à côté de celui-ci, un camion rouge avec deux remorques et aucune inscription sur les côtés, puis un autre camion noir et blanc avec une seule remorque sur lequel s'affichait une inscription en caractères cyrilliques couronnée d'un logo rappelant vaguement une tour crénelée. Au-delà de la haie, on voyait des arbres bas et, au fond, des collines basses surmontées de nuages très blancs, petits et paresseux, qui se découpaient sur l'azur du milieu de matinée. À l'entrée de l'esplanade, là où l'arrière du bar s'élargissait pour devenir le parking des poids lourds, s'élevait une étrange structure métallique avec un toit en tôle ondulée. À l'entrée, on distinguait des formes sombres, elles aussi métalliques ; Ousmane se dit que c'étaient peut-être des raccords ou des valves pour réguler les flux et le stockage du carburant. Derrière le museau du poids lourd noir et blanc pointait une sorte de container jaune, puis une longue clôture métallique entourant un champ de maïs encore vert. Les premières maisons se trouvaient quelques dizaines de mètres plus loin.

Mais il n'y avait aucune trace du minibus des Lory's Stars. Ousmane posa une main sur son front, comme pour mieux réfléchir, et il traversa d'un pas pesant la portion d'asphalte qui permettait de contourner le bar et de se retrouver à la hauteur du distributeur de GPL et de méthane, jusqu'à ce qu'il reconnaisse la Corsa rouge de Maïa, avec la silhouette immobile de Yaya sur le siège arrière. En le voyant ainsi, endormi et terrassé par la fatigue, il ressentit un élan d'indulgence. Mais il recula d'un pas, parce que le destin ne pouvait pas être aussi cruel et si, dans le bar, il y avait les musiciens de l'orchestre de Lory, alors, leur minibus devait aussi se trouver quelque part et sans aucun doute, dans le minibus il devait aussi y avoir Lory. Il regarda fébrilement autour de lui, s'imagina retourner à son point de départ, parce qu'il était possible que le minibus soit près de la haie de la voie rapide ou que quelqu'un, peut-être Lory elle-même, soit en train d'y mettre de l'essence pendant que les autres étaient entrés boire un café ou jouer avec les machines à sous. Il marcha à grandes enjambées, vit devant lui Assise en toile de fond, proche mais écrasée par la perspective sur le mont Subasio et, sous la ligne formée par la forteresse et la splendide basilique, juste entre les deux poids lourds, le minibus apparut. Ousmane écarquilla les yeux, se passa les mains sur son jean, se frotta le nez sur son avant-bras. Allons-y, se dit-il. Allons-y, Ousmane. C'est ton heure.

Lory dormait. Le minibus était garé à l'ombre du camion rouge, et la portière coulissante, avec son visage et le nom du groupe, était restée grande ouverte. Il y avait deux rangées de sièges, le porte-bagages était bourré d'instruments de musique et d'amplificateurs qui arrivaient presque jusqu'au plafond. Lory était appuyée entre le dossier et la vitre du côté opposé à la portière, à côté d'elle brillaient au moins deux ou trois vestes entassées sur le siège. Ses jambes étaient étendues et croisées, ses pieds étaient nus, derrière sa nuque il y avait une autre veste roulée en boule. La robe qu'elle portait était noire, elle découvrait à peine ses genoux mais laissait entièrement voir ses épaules, ses bras croisés semblaient soutenir ses seins dans une attitude oblique qui parut à Ousmane très inconfortable. Au rétroviseur intérieur était suspendue une peluche, peut-être un poussin ou un petit canard, que le vent faisait lentement tourner sur elle-même, le même vent qui s'amusait à soulever un peu la jupe. Les jambes de Lory étaient bien faites. Peut-être un peu trapues et moins bronzées qu'il ne l'aurait imaginé, mais en dépit des années, leur peau était lisse et sans défaut. En fait, quel âge avait-elle, Lory ? Pour Ousmane, c'était sans intérêt. Là n'est pas la question, se dit-il, ce n'est pas pour cette raison que je suis ici. Les épaules, et en même temps qu'elles, les bras et les seins opulents, s'élevaient et s'abaissaient au rythme de la respiration, et dans la tête d'Ousmane, cette image se superposa à celle de Yaya, lui aussi plongé dans le sommeil et dans une position très semblable, dans une voiture à quelques mètres de là. Yaya, vu de l'arrière du bar, lui était apparu totalement immobile, et c'était là une différence abyssale, comme entre la nuit et le jour, ou entre la mort et la vie. Bien sûr, Yaya n'était pas mort, se comporter comme un crétin en risquant de mettre les autres dans la merde jusqu'au cou ne méritait pas que l'on meure, et pourtant, son grand corps noir et immobile lui parut à présent macabre et de mauvais augure. Mais il ressentit malgré tout une sorte de jalousie, parce que Yaya dormait en même temps que Lory, comme si la proximité d'un homme et d'une femme endormis rendait aussi leurs rêves plus proches et pouvait les faire se rencontrer, se parler, se prendre par la main, et plus encore. Yaya était aussi capable de cela, pensa Ousmane, et il sentit remonter la bile et la peur. Mais il se secoua rapidement, car la réalité racontait une histoire différente : Lory dormait, seule, dans le minibus de l'orchestre. Lory, pensa-t-il. Il se souvint de l'appel de ses seins, à la fête, il y avait seulement deux soirs de cela, mais à présent les seins étaient voilés, muets, endormis eux aussi, et même s'il l'avait voulu, il n'aurait pas pu lui demander d'expliquer cette intimité soudaine et inattendue, ce message si simple et parfait. Il s'approcha du minibus, la peluche était un petit canard. Si tu mets un petit canard sur le dos, il n'arrive pas à se retourner, pensa-t-il, et il le pensa parce qu'il lui était arrivé de le faire, une ou deux fois, alors qu'il n'était plus si petit que ça. Il pensa à la Gambie, si lointaine, il pensa à sa mère, à ses frères et sœurs, à son père mort au Soudan, il pensa à son oncle, à ses oncles et à ses tantes, au compound et à l'école de police. À tout cela en même temps. Tu ne dois pas le faire, se dit-il. Tu ne dois pas le faire, Ousmane, pourquoi donc devrais-tu le faire ? C'étaient des souvenirs à éviter, des pensées à oublier. Des pensées inutiles si elles se transforment en douleur, lui avait dit le docteur. Cultive seulement la joie des souvenirs, Ousmane, laisse tomber la douleur, et si tu es incapable de laisser tomber, alors verse une larme ou ce qu'il faut de larmes, puis repars à zéro. Ça va, disait Ousmane. Mais il avait mal à l'estomac, et le ramadan avait aggravé les choses. Allah, pensa Ousmane. La nuit précédente, avec toutes ces péripéties, il avait oublié de prier. Mais ce matin, je le ferai, se dit-il, et à midi, avant le cours d'italien, puis au coucher du soleil, en bon musulman que je suis. Et vendredi à la mosquée, pour te remercier de m'avoir fait arriver jusqu'ici, jusqu'à ce parking, aujourd'hui, sain et sauf, juste avec la tête un peu cassée et un peu de mal de ventre, un peu de peur et de nostalgie. Il posa une main sur le siège, le contact avec le tissu chaud et rêche était agréable. Il sentit la trame des fils, le tissage, les quelques endroits élimés, là où les musiciens s'étaient assis on ne sait combien de fois, et Lory aussi, sûrement. Elle était belle dans son sommeil, mais pas tant que ça. Il pensa à l'affiche déchirée dans le passage souterrain, au temps qui s'était écoulé depuis, depuis qu'elle avait commencé à tomber en lambeaux. Étrangement, il n'avait pas réussi à mémoriser une seule de ces chansons, même après les avoir écoutées quatre ou cinq fois. Elles parlaient d'amour, de solitude et de trahisons, mais lui ne comprenait pas grand-chose et pourtant, à y bien regarder, ce n'était pas important. La mélodie n'était pas importante, pas plus que le timbre de la voix de Lory, un timbre net et plat, une voix juste mais sans talent particulier. Il fut tenté de lui caresser les jambes et les seins, de caresser ses joues gonflées par la respiration dans le sommeil, comme si elle était une enfant ou une poupée. Mais c'est une vraie sottise, se dit Ousmane. Il déplaça les vestes, d'abord en direction de Lory, puis il les prit dans sa main et les jeta sur les sièges avant. Il faillit s'asseoir, mit un pied à l'intérieur mais le minibus oscilla. Il se retira aussitôt. Non, Ousmane, pensa-t-il. Ça non. Il s'assit donc au bord du plancher du minibus, tournant le dos à Lory endormie. Il regardait la baraque du bar et s'attendait, à tout moment, à voir sortir l'homme aux cheveux poivre et sel ondulés, le patron, peut-être l'amant de Lory. Ils vont venir et ils ne seront pas contents de me voir ici, pensait-il. Mais il n'avait pas la force de se lever et de s'éloigner. Baboucar et Maïa, eux aussi, viendraient le chercher tôt ou tard, ils le chercheraient en voiture, puis ils feraient le tour du bar, puis ils le verraient et lui demanderaient ce qu'il fabriquait là, dans cette posture. Il n'y avait aucun mal à ça, mais ce n'était pas bien. Il entendait derrière lui la respiration lente de Lory : elle le berçait doucement, elle le rassurait. Comme j'aimerais, se dit-il, te raconter mon histoire, le faire du début à la fin, te parler de la Gambie, des miens, de ma maison, te parler de la fuite et du voyage, des jours et des semaines et des mois passés à remonter le monde, la moitié de l'Afrique, une mer infinie, la moitié de l'Italie. L'enfer de la Libye.

“L’histoire d’Ousmane”, dit-il à voix haute, comme s’il devait la présenter à un public imaginaire rassemblé sur le goudron du parking, ou uniquement à Lory, si seulement elle avait été éveillée et si elle avait eu envie de l’écouter.

“Il s’appelle Ousmane Jallow, poursuivit-il. Il est né en Gambie le 21 mai nineteen ninety. Il a vingt-six ans, mais il paraît plus jeune. Il est très beau. Il est sympathique, et gentil.”

Il se mit à rire et se tourna, serrant ses genoux entre ses mains.

“Ça te plairait d’écouter cette histoire ?”

Le petit canard oscilla comme pour dire non, et il l’imagina renversé sur le dos, impuissant et condamné à mort. Le brillant des paillettes, de près, s’atténuait, et on reconnaissait leurs contours simples, miroirs réduits en confettis.

“Once upon a time”, dit Ousmane, et de nouveau, il se mit à rire. Tu pourrais en faire une chanson, pensa-t-il, Lory qui chante la chanson d’Ousmane, le bel Africain dont elle a ravi le cœur, et elle la chante dans les fêtes villageoises de toute l’Italie, le long des fleuves et sur les montagnes, et au bord de la mer. L’homme aux cheveux poivre et sel qui joue, les autres qui jouent et en jouant ils esquissent des pas de danse rudimentaires, et Lory qui chante mais sans danser, sans même onduler, elle chante en restant immobile, sans bouger les pieds et les jambes, ses belles jambes trapues, blanches, lisses, parfaites telles qu’elles sont. Elle chante en tenant entre ses mains le micro posé sur un pied, la bouche tout près du micro, ou plutôt collée dessus, le métal salé imprimé sur ses lèvres recouvertes de rouge à lèvres.

“Mais moi, je pense que non”, dit ensuite Ousmane en se relevant et en se mettant debout dès qu’il fut à l’extérieur du minibus, tournant encore le dos à Lory, la tête dépassant un peu le plafond, le tee-shirt collé à son dos par la transpiration. Même si elle avait été éveillée, si, en se réveillant et en voyant un jeune homme beau et noir comme la nuit, la tête rafistolée, elle n’avait pas eu peur, même dans ce cas, Lory n’aurait pas eu envie d’écouter l’histoire d’Ousmane. Et elle ne l’aurait pas pris par la main, elle ne lui aurait pas demandé de lui chanter une chanson de sa terre, une chanson d’amour ou simplement une chanson douce, elle ne lui aurait pas demandé à quel point sa mère lui manquait, à quel point ses frères et sœurs et ses amis lui manquaient, et ses chiens et ses arbres fruitiers. Les choses ne se passent pas comme ça dans la vie, se dit-il. Allah est grand et il a déjà prouvé qu’il me veut du bien quand c’est utile, et du mal quand je peux supporter le mal. Mais ça, qu’est-ce que c’était ? Lory, qu’est-ce que c’était ? Ce n’était ni le bien ni le mal. C’était quelque chose qui lui était arrivé, c’étaient des seins qui l’appelaient comme des lèvres, c’étaient des jambes presque nues, c’était une femme endormie là, tout près de lui. C’était peut-être un rêve, et les rêves étaient à l’abri de la réalité et aussi de la volonté d’Allah.

“Tu es un rêve, Lory ?” dit Ousmane, mais elle ne répondit pas. Elle continuait à dormir, parce que les concerts finissaient toujours tard et que les voyages dans le minibus étaient fatigants.

C’est ainsi qu’Ousmane s’en alla. Il caressa l’idée de prendre un selfie avec Lory derrière lui, Lory endormie, mais il trouva tout de suite que c’était une idée stupide. Nous nous reverrons un jour, pensa-t-il, ou du moins, quand je serai bon en italien, j'apprendrai par cœur tes chansons et je les chanterai en me promenant dans les rues de ma ville ou en conduisant le camion que je m'achèterai pour gagner ma vie. Ce sera une façon de me souvenir toujours de toi. En attendant, laisse-moi rentrer à la maison car dans deux heures, j'ai mon cours, puis je mangerai un peu de riz et je me jetterai sur le lit et je dormirai jusqu'à demain avant de tout raconter à mes camarades, la mer et la tête cassée à l'hôpital, et si je suis de bonne humeur je leur parlerai peut-être aussi de toi et de ton sommeil d'enfant, de Lory qui chante sur scène et qui dort sur les parkings des aires de repos. Il la regarda pour la dernière fois, et se dit que c'était un moment triste mais beau. Il pensa que le destin avait voulu lui faire comprendre qu'il se souvenait de lui, et il trouva que c'était un signe, peut-être même une promesse. Il s'achemina vers le bar, traînant un peu les pieds et ses jambes endolories. Il passa devant l'entrée juste au moment où le musicien aux cheveux poivre et sel, le mari ou le patron de Lory, sortait. Ils se regardèrent dans les yeux comme s'ils avaient quelque chose à se dire. Maïa, Baboucar et Robert étaient debout près de la voiture, Baboucar avait son téléphone à la main et était en train d'appeler quelqu'un. Ousmane entendit le sien vibrer dans sa poche et il accéléra le pas pour ne pas leur faire perdre encore du temps. La silhouette immobile de Yaya était toujours là, et Ousmane pensa qu'avant d'arriver à Pérouse, il le réveillerait et lui dirait qu'entre eux, tout allait bien.

OUVRAGE RÉALISÉ
PAR L'ATELIER GRAPHIQUE ACTES SUD
ACHEVÉ D'IMPRIMER
SUR ROTO-PAGE
EN MAI 2022
PAR L'IMPRIMERIE FLOCH
À MAYENNE
POUR LE COMPTE DES ÉDITIONS
ACTES SUD
LE MÉJAN
PLACE NINA-BERBEROVA
13200 ARLES

DÉPÔT LÉGAL
1re ÉDITION : JUIN 2022

N° impr. : 100474

(Imprimé en France)